Charlas de café con...
Emiliano Zapata

Raquel Huerta-Nava (Ciudad de México) es poeta y editora egresada de la licenciatura en historia de la UNAM. Como investigadora ha colaborado con el Archivo General de la Nación, la Dirección de Estudios Históricos del INAH, la Dirección del Centro de Estudios Históricos de El Colegio de México, y El Colegio de Michoacán. Entre otros libros, ha publicado *La plata de la noche* (poesía, 1998), *Tramontana* (poesía, 2004), *Primera historia del viento* (poesía, 2005); *Nezahualcóyotl* (2005), *Gonzalo Guerrero* (2005), *Bernal Díaz del Castillo* (2005), *Alexander von Humboldt* (2005), *Agustín Legorreta* (2005) y *Diego Rivera* (2006); *Por la manchega llanura. La influencia del Quijote en León Felipe* (2007), *El guerrero del alba. La vida de Vicente Guerrero* (Grijalbo, 2007) y *Mujeres insurgentes* (2008). Obtuvo las becas editoriales 1994 del INBA y las becas 1996 y 1997 Edmundo Valadés del Fonca para revistas literarias del Distrito Federal por su publicación *El Cocodrilo Poeta*. Obtuvo el Premio Nacional Vidas para Leerlas 1997 del Conaculta para la creación de biografías, y la Beca Eulalio Ferrer 2006 del Centro de Estudios Cervantinos.

Charlas de café con...
Emiliano Zapata

RAQUEL HUERTA-NAVA

Grijalbo

Charlas de café con…
Emiliano Zapata

Primera edición: mayo, 2009

D. R. © 2008, Raquel Huerta-Nava

D. R. © 2008, derechos de edición para México
        y Estados Unidos en lengua castellana:
        Random House Mondadori, S. A. de C. V.
        Av. Homero núm. 544, col. Chapultepec Morales,
        Delegación Miguel Hidalgo, 11570, México, D. F.

www.rhmx.com.mx

Comentarios sobre la edición y el contenido de este libro a:
literaria@rhmx.com.mx

ISBN 978-607-429-415-6 Random House Mondadori
ISBN 978-607-429-280-0 La Jornada

Impreso en México / *Printed in Mexico*

Para mis padres Thelma Nava y Efraín Huerta
con agradecimiento por haberme heredado
el amor a México y a su historia.

Despacio, conocedor del impacto de su presencia física, impecablemente vestido con un traje negro de charro con botonadura plateada y quitándose un elegante sombrero negro, con adornos bordados en hilo de plata que colgó en la entrada al lado de sus pistolas, el general Emiliano Zapata, el Caudillo del Sur, tomó asiento en la mesa que reservé para nuestra charla en el café del Intramundo, donde lo esperaba para una entrevista muy especial. Este café permite a los espíritus de los muertos, de vez en cuando, charlar con nosotros para aclarar nuestras dudas sobre el más allá. Su rasgo más destacado era la mirada intensa, profunda y aguda, como si tratara de traspasar a través de la materia. Las personas fallecidas que traspasaron el umbral, cuando nos visitan, se aparecen en su mejor edad y con sus mejores prendas, como símbolo de su bienestar en el mundo espiritual. Su acompañante nos dejó para que conversáramos y nos indicó que volvería por la tarde por el general para conducirlo de vuelta al mundo celestial.

Lo recibí con efusividad porque no es un hombre fácil de entrevistar, nunca lo fue, y realmente me siento privilegiada de que aceptara dialogar conmigo; el tema de la Revolución siempre lo sacaba de su laconismo habitual y se convertía en un hombre elocuente y apasionado. De carácter reservado, hosco incluso, para con los extraños, Zapata fue siempre un hombre convencido de sus convicciones e ideales. Sin embargo, la muerte le había dado al general otra perspectiva de las cosas y ante mí llegó una persona bastante comunicativa, con grandes deseos de narrar su versión de la historia.

—Ahhhh. Qué bien se siente estar aquí de nuevo, últimamente me han pedido varias entrevistas, pero prefiero que me envíen las preguntas por internet, pues son cosas muy sencillas que no me exigen ningún esfuerzo y cualquiera de mis biógrafos y ayudantes las puede responder por mí. Aunque casi nadie me pregunta, últimamente todos quieren analizarme, hablar por mí, adivinar mis intenciones, mis pasiones, mis virtudes y defectos y ahora hasta vilipendiarme se ha vuelto a poner de moda.

Su comentario me dejó sin palabras.

—¿Por internet, general? No me diga que allá en el otro mundo tienen acceso a la red. ¿Y acaso tiene usted *email*? Pregunté asombrada olvidando de pronto mi agenda de temas a tratar y dejando que la conversación fluyera por caminos inesperados.

—Mire usted, son cosas extrañas las que suceden en el mundo espiritual; yo no sé cómo funciona ni tengo *email*, pero acuérdese de que todo es energía, eso es lo que le puedo decir, de modo que allá tenemos acceso a todo lo que circula en internet, y por eso nos damos cuenta de las cosas que pasan en la tierra. Por cierto, Vicente Guerrero la manda saludar. Él sí que nunca sale, quizá por usted lo hubiera hecho o tal vez lo hizo; no se crea, allá nos damos cuenta de todo. Está muy contento por el libro que usted escribió. Me dijo que ya era hora de que alguien se acordara de él y lo sacara de la niebla. Está muy contento y dice que, a partir del libro que usted escribió, llamándolo *guerrero del alba*, todos se van a acordar más de él y de los ideales de los insurgentes; también por eso acepté esta entrevista, pues al escribir usted sobre nosotros, nos trata con respeto, eso nos agrada, ¿sabe usted?; no se preocupe, que a nosotros ya nadie nos engaña; aunque hemos trascendido el plano terrestre, seguimos pendientes de ustedes. Allá muchos revolucionarios somos vecinos y conversamos con frecuencia sobre el destino de un país que prefiere vernos convertidos en estatuas, antes de pensar en nosotros como personas con ideales y convicciones. Estamos preocupados siempre por México y porque no se siga derramando más sangre mexicana en nuestro suelo.

—¿Entonces ustedes se ven mucho por allá, general? —pregunté con toda objetividad acordándome mucho del místico danés Emmanuel Swedenborg, hombre escéptico hasta que en su madurez los ángeles decidieron colmarlo de visiones del cielo para que los seres humanos conociéramos la vida después de la vida. Swedenborg se limitaba a conocer y escuchar sin prejuzgar sobre la ciudad de los ángeles, y la vida y organización de los seres humanos que van a las esferas superiores describiendo sus experiencias en varios libros, como el titulado *Arcanos*, gracias al cual los humanos podemos conocer algo de la vida celestial.

—Pues sí, mire usted, las personas que han dado la vida por su patria, los combatientes por la libertad de los demás, a quienes nuestros contemporáneos convierten en héroes, vivimos en un plano espiritual distinto del de otras personas, y sí, ya sé lo que está pensado, algunos de nosotros somos ángeles, muchos de nosotros han sido convertidos en santos por la gente de la tierra, los revolucionarios tenemos como vecinos a varios mártires religiosos, porque sepa usted que en muchos casos nuestra muerte fue semejante al dar la vida por motivos altruistas. Fuimos asesinados por defender causas a favor del bienestar de la gente del pueblo, de la gente sencilla, y allá tenemos labores muy simbólicas relacionadas con el bienestar de los demás. Es decir, nos dedicamos a lo que más nos agrada y lo hacemos de corazón y para toda la eternidad; no está nada mal, ¿verdad?

Asombrada aún con el giro que tomaba la conversación, continué temerosa de que el general cambiara de tema, para tratar de saber más.

—Don Emiliano, ¿y usted a qué se dedica en el otro mundo?

—Pues a la distribución de las tierras para su cultivo —me miró divertido—. ¿A qué más, pues? Mire, le voy a poner un ejemplo, hay gente que se dedica a cuidar los plantíos de margaritas para que lleguen a buen término. Las margaritas simbolizan las almas de los niños muertos en la infancia y que no alcanzaron a florecer en la tierra, como mis hijitos, que murieron en lo más tierno de su vida, y que son dejados para que florezcan y puedan luego continuar con su camino espiritual. En el mundo celestial otras almas, casi siempre las mujeres, que se preocuparon mucho por la maternidad, los cuidan para que cumplan su ciclo; una de las más devotas de mis conocidas en este quehacer es doña Josefa Ortiz de Domínguez, quien siempre se preocupó por guiar a los infantes. Allá se siembra mucho, casi toda la gente que estuvo en la Revolución trabaja en el campo, con flores y plantas de diversa índole, que representan a casi todo lo que está vivo en el planeta. Otros enseñan a las almas muchas cosas, mostrándoles todo lo que hicieron durante su vida para ver qué hicieron bien y qué no. Allá no hay manos ociosas; los que no hicieron nada en su vida por los demás o que hicieron mucho daño van a dar a otra parte... Ah, casi lo olvido, también me encargo de supervisar las cuadras de los Caballos del Tiempo.

—¿Como en el juicio final, mi general? —pregunté esperando estar comprendiendo bien las palabras del general, pues lo que me decía se parecía a Swedenborg con un poco de la tradición egipcia del *Libro de los Muertos*, el viaje al Mictlán y muchos relatos de distintas tradiciones y culturas sobre el más allá. La forma de vivir y de morir es trascendental para el destino de las almas y ese tema me parece de un interés fundamental.

—Exactamente, exactamente —respondió Zapata estirándose en la silla mientras se acariciaba el negro bigote y guardando un elocuente silencio para darme a entender que no hablaría más del asunto. Esa pausa me permitió volver los ojos a mis notas para la entrevista y aprovechamos para pedir un café negro endulzado con piloncillo y un poco de pan dulce para iniciar el día.

—General, para iniciar la entrevista, me gustaría que me relatara sus primeros recuerdos, su formación, sus primeras nociones del mundo...

—Bueno, pues mire usted, mi familia era de campesinos, gente sencilla que vivía del producto de la tierra. Nací en San Miguel Anenecuilco, en el municipio de Ayala, el 8 de agosto de 1879. Mi padre se llamaba Gabriel y mi madre Cleofas. Gabriel Zapata grabó en mi corazón la enseñanza de que para comer en la casa hay que sudar en el surco y el cerro, pero no en la hacienda, y así lo cumplí siempre. Mi padre construyó con sus propias manos la casa donde vivimos, él había llegado de Mapaztlán a trabajar en la hacienda de Hospital, conoció a mi madre en Anenecuilco y se casaron en la parroquia de Villa de Ayala; procrearon 10 hijos, de los cuales yo fui el penúltimo. Déjeme ver si me acuerdo, fuimos... Pedro, Celsa, Eufemio, Loreto, Romana, María de Jesús, María de la Luz, Jovita, yo y Matilde. Cuando nací descubrieron que tenía una mancha en forma de manita grabada en el pecho, como una marca hundida en la piel; todos en la familia creyeron que era una señal. Y ahora sé que lo era, una señal de mando... Teníamos la mayor fortuna del mundo, que es el contacto directo con los frutos de la tierra; ésa fue mi primera escuela —aseguró jugando con su bigote entrecerrando los ojos, como midiéndome antes de continuar—. La segunda fueron las mujeres —soltó de pronto con una mirada profunda y brillante, esperando sin duda mi reacción. Le aseguré, devolviéndole la sonrisa, que sin duda no puede haber mejor escuela para alguien que la naturaleza y el amor.

En ese momento la mesera nos trajo nuestro café de olla en unos jarritos de barro vidriado y una charola de panecitos de dulce recién hechos; realmente era difícil decidirse por una pieza para comenzar el día; el general tomó una concha de chocolate, comenzó a beber su café y retomó la plática con gusto.

—Pues claro que sí —continuó Zapata—; en la tierra está la sabiduría del mundo. Allí está todo lo que un hombre debe conocer; los libros ilustran, pero no dan las claves para la vida. La madre naturaleza, en cambio, nos enseña todo lo que hay que saber del funcionamiento del mundo, los ciclos del año, la importancia de una buena siembra, el peligro de los enemigos que parecen pequeños, los enemigos ocultos y la necesidad de combatirlos, la inmensa alegría de una buena cosecha; de ahí se parte para enfrentar la vida con conocimiento de causa. Mi infancia no fue distinta de la de cualquier gente del campo del mundo. Mis padres también criaban animales y se dedicaban a su compraventa. Desde niño aprendí los secretos de la crianza, el cuidado y la doma de animales, aficiones que me acompañarían toda la vida.

—Fue una infancia muy dura, entiendo que usted trabajó desde pequeño.

—Vivíamos casi en el límite, apenas teníamos lo indispensable para vivir, seis de mis hermanos murieron en la infancia, así era la vida entonces para los campesinos. En cuanto pude, me enviaban a conseguir leña y manojos de zacate o hierba para darles de comer a los animales; había que hacerlo a escondidas de los guardatierras de las haciendas, si me descubrían me daban de fuetazos; la vida para un jornalero en las haciendas era de mucho sufrimiento. Por eso mi padre prefirió tener sus animalitos, para tener algún dinero más y poder mantenernos por nuestro propio esfuerzo. Mi padre me regaló mi primer caballo, una yegua llamada *La Papaya*, mi abuela Vicenta me dio a *La Regalada*, una novilla para que aprendiera a cuidarla y comenzara a tener mis propios animales.

—General Zapata, su padre fue campesino, sin embargo sus tíos fueron combatientes, ¿considera usted determinante esta influencia en su vida?

—Un hombre siempre busca modelos a seguir. Mis tíos José María y Cristino Zapata, hermanos de mi padre, fueron soldados en la Guerra de Reforma y también pelearon contra los franceses, una de las grandes victorias fue la batalla del 5 de mayo, en donde los indígenas mexicanos derrotaron al invicto ejército de Napoleón. Mis tíos me enseñaron a usar las armas y me llevaron a cazar venados. Mi tío Chemaría era un hombre muy fuerte, de barba cerrada y rojiza, al que estuve importunando mucho tiempo hasta que me regalara su rifle de resorte y relámpago de los tiempos de la plata que guardaba entre sus recuerdos, para que aprendiera a jugarlo.

—Don Emiliano, sus dos biógrafos, John Womack y Jesús Sotelo Inclán, coinciden en la versión de que, al ver el sufrimiento y las lágrimas de impotencia de su padre, usted le preguntó inocentemente que por qué no se reunían y se apoderaban de las tierras que los hacendados les habían quitado.

—Es cierta palabra por palabra; el hacendado de Cuahuixtla era un depredador que un día mandó destruir el barrio de Olaque, en Anenecuilco; derribaron la pequeña capilla y usaron esas piedras para hacer una cerca, echaron por los suelos los jacales de carrizo y palma, arrancaron de cuajo los palos de mamey, mango, zapote, aguacate, café, anona, ciruela, lima y todo lo que habían sembrado los vecinos, para sembrar la odiosa caña. Algunos del pueblo presentaron resistencia armada, pero tuvieron que huir; yo tenía unos nueve años y vi llorar a mi padre porque nos habían quitado las tierras. Cuando le dije que por qué no peleábamos contra ellos, me respondió que contra el poderoso dominio de los hacendados nada se podía hacer; entonces yo le respondí que claro que se podía y que, cuando yo creciera, me encargaría de recuperar las tierras que nos habían arrebatado para repartirlas entre sus legítimos dueños. Desde niño tuve muy claro cuál sería mi destino en la vida.

—¿Y los estudios, don Emiliano?, supongo que usted casi no pudo dedicarse a ellos por el pesado trabajo del campo.

—Un día, mi padre me dijo que, para quitarme del sol y aprendiera un poco, me mandaba al colegio que estaba en los portales junto a la iglesia para que me enseñaran las primeras letras. Ahí había sido maestro mi tío Mónico Ayala Zapata, hijo del insurgente Francisco Ayala. Mi maestro fue Emilio Vara, también veterano de las guerras de Reforma y la Intervención, al lado de mis tíos. En cuanto salía de la escuela a las doce del día me iba por mi caballo para juntar el zacate.

—General, usted se hizo prácticamente solo, pues a los 16 años quedó huérfano de ambos padres. ¿Qué me puede contar acerca de este duro golpe?

—Mire, fue difícil, pero éramos varios hermanos, todos muy trabajadores, de modo que salimos adelante con el patrimonio y las enseñanzas de nuestros padres. Esos tiempos no eran como los de ahora; antes a los 16 años uno ya era un hombre hecho y derecho y se podía casar e independizar, además teníamos mucha familia y amigos, ¿sabe usted?, la ventaja de las comunidades rurales es que las familias son muy grandes y nos ayudamos mucho.

—¿De dónde viene Zapata? ¿Cuál es el origen de su conciencia social, general, el origen de su voluntad de lucha?

—Eso es muy claro, tuve un tío abuelo insurgente, Francisco Ayala, quien combatió junto a Morelos en el sitio de Cuautla, lo fusilaron en Yautepec en mayo de 1811 junto con dos de sus hijos; por ellos la población se llama Villa de Ayala; mi abuelo José Zapata fue calpuleque, o como se diría después líder agrario, de Anenecuilco en 1874 y en ese tiempo encabezó la defensa de las tierras de la comunidad. Mi abuelo materno José Salazar era un muchacho cuando el sitio de Cuautla y también le tocó estar allí, pues llevó totopos para la tropa como pretexto para que lo dejaran ir y una vez allí se presentó como combatiente voluntario en la heroica acción militar.

—¿Quiénes fueron, de entre tantas novias y mujeres que tuvo, las que marcaron el corazón de Emiliano Zapata?

—Desde jovencito me gustaron mucho las mujeres y también sembré de hijos mi tierra. Desde chamaco me iba con mi primo Chico Franco, al que muchos años después le dejaría los papeles de

Anenecuilco y la responsabilidad del cargo de calpuleque, a entregar esquelas en papel de arroz a las muchachas de la Villa y de Cuautla, en donde copiábamos versos de amor, se los pasábamos a varias y no nos faltaban las respuestas. Tuve muchas novias. La primera muchacha que se quiso ir conmigo fue Inés. Dicen que me la robé, pero si ella no hubiera querido nada pues yo me habría quedado solito. Inés Alfaro Aguilar era preciosa, crecimos juntos y desde niños andábamos enamorados, pero su papá no me quería en la familia, de modo que decidimos que mejor me la robaba, pues sentía un amor apasionado por ella, fue la primera vez que me sucedió. Y así lo hicimos para luego casarnos, pero su padre me denunció a las autoridades, que me llevaron a la leva como delincuente. A la pobrecita de Inés la llevaron de regreso a la casa de sus papás, donde nació Nicolás, mi primer hijo. Luego nació Elena. Terminé poniéndole casita en Cuautla y tuvimos otra niña que se murió como a los ocho años. A mí me incorporaron al Noveno Regimiento de Caballería en Cuernavaca, donde aprendí a ser un militar, porque canijo ya era.

—Usted fue un auténtico charro, don Emiliano, dicen que hasta era el mejor charro del sur de México, pues usted era montador de toros, lazador, amansador de caballos y muy diestro en las artes de charrería; también picaba, ponía banderillas y toreaba tanto a caballo como a pie.

—La charrería era mi vida. La gente no me quería creer que antes de lanzarme a la Revolución yo tenía más dinero que como jefe del ejército del sur. Era muy bueno en mi trabajo y vivía muy bien. Tenía muy buenos trajes de charro elegantemente bordados, con sombreros anchos y polainas.

—La tierra, general, es un tema necesario, recuerdo el lema: *Tierra y Libertad*, hay ahora quienes cuestionan que usted haya ocupado este lema. Hay quienes dicen que usted fue revolucionario agrario, mas no tenía dotes militares ni de estadista. Que usted era la tierra y ése era el fundamento, la razón y la raíz de su lucha. ¿Qué es la tierra para Zapata?

—La tierra fue el fundamento de la lucha. La tierra para el campesino es la vida. Es nuestra madre. Son los terrenos ancestrales, donde están enterrados los ombligos de todos nuestros antepasados, sin ella no somos nada, nadie. Los occidentales no comprenden la relación de los pueblos indios con la tierra, porque para ellos la tierra es una mercancía. Para nosotros es la vida, la razón. Por eso conservamos como oro molido las mercedes reales, pues cuando se establecieron los gachupines en México, nos legitimaron la propiedad. Esas mercedes o papeles viejos son nuestro título de propiedad. Eso era lo que los hacendados no respetaban, comiéndose cada vez más tierra y dejándonos cada vez más desesperados y reducidos. Fue esta ambición desmedida lo que nos llevó a la lucha. Sumada, claro está, a la leva, al hambre y a la guerra civil que nadie pudo impedir. Yo conocí el pensamiento anarquista y muchos de los más importantes defensores del agrarismo eran anarquistas y fueron mis colaboradores, coincidíamos en cuestiones esenciales, algunos de ellos eran muy radicales, como Díaz Soto y Gama. Con ellos comenzamos a usar el lema de *Tierra y Libertad*, que además es un lema muy hermoso y representativo de nuestra lucha. El lema original, asentado en el Plan de Ayala y en otros documentos, fue el de *Reforma, Justicia, Libertad y Ley*. No quise ser estadista, pero llegué a mandar en todo el sur de México; no quise ser militar y jamás me derrotaron en combate, para acabar conmigo tuvieron que matarme a traición. Mis enemigos siguen hoy en día calumniándome y atacándome como en mis mejores días, lo malo es cuando lo olvidan a uno.

—Don Emiliano, ¿se considera usted un calpuleque, un continuador de la tradición indígena de gobierno?, ¿qué me puede usted decir al respecto?

—Bueno, así es como siempre se hicieron las cosas en Anenecuilco, un defensor o calpuleque tiene la obligación de dar tierras a los que no las tienen para sus sementeras, darles más tierras si tienen familia grande y tiene la función de interceder por ellos ante las autoridades superiores. Nos regimos por un consejo de ancianos de la comunidad, es decir que siempre actuábamos según lo que fuera mejor para todos, aunque la decisión final era mía, y así había sucedido desde tiempo inmemorial entre nosotros, desde antes de los gachupines, contra los que nunca dejamos de pelear. Acuérdese de que Anenecuilco se fundó hace 700 años y este siglo XXI cumplirá 800 años de existencia.

—Su primer enfrentamiento fue con el administrador español de la hacienda de Hospital por cerrarle el paso para ir a ver a sus animales, ¿recuerda usted este incidente, general?

—Iba yo con José Robles y Eduardo López a curar unas yeguas que teníamos enfermas, cuando nos salió al paso este sujeto con dos guardatierras armados y no nos quería dejar pasar. Le explicamos a lo que íbamos y que además esas tierras eran nuestras, respondí a sus insultos y le apunté a la cara con mi pistola. Entonces nos dejó pasar. Pero, a partir de eso, me tenían vigilado buscando la oportunidad para cobrarse. Otro día tuve una pelea con un sujeto cobarde y ya me llevaban amarrado los rurales cuando llegó mi hermano Eufemio, con sus amigos, todos montados y con las armas en la mano; los obligaron a soltarme. Me fui con mi hermano a Puebla con un amigo de la familia, el señor Palacios, que me dio trabajo en la hacienda de Jaltepec, donde trabajé un año como arrendador de caballos. Gracias a las diligencias de mi tío José Merino pude regresar a Anenecuilco, Eufemio se quedó en Chiautla, donde aprendió el oficio de relojero.

—¿Qué es lo que hace exactamente un arrendador de caballos, don Emiliano?

—Arrendar un caballo es entrenarlo y educarlo para ver si sirve para la faena o bien para las suertes charras. Se debe tener mucha paciencia, yo nunca creí en maltratarlos, sino en ir enseñándoles con cuidado a hacer los pasos para que sepan hacer bien la cala, cabestrear, abajarse, las faenas de reata o lazo. Un buen caballo charro se llama cuaco y es el orgullo de un buen arrendador. El caballo charro debe ser fuerte, ancho, de mediana alzada (1.45 metros de la cruz al suelo), musculoso, ligero y de mucho hueso. Los mejores caballos para charrear son los briosos que tengan mucha ley y clase, es decir, que tengan gran resistencia manteniéndose firmes desde el principio hasta el final de la jornada; que sean quietos y serenos para faenas como palear y manganear, y con buena disposición para colear y que no se rajen trabajando con el ganado.

—General, usted es considerado uno de los héroes más importantes de las luchas sociales en la historia universal, ¿cómo se define usted en este contexto?

—Mire, yo vengo de un extenso linaje de combatientes. Zapata no nace de generación espontánea, nadie lo hace. Todos los seres humanos tenemos un hilo conductor que nos lleva a nuestros antepasados. Los míos combatieron a los aztecas, luego a los españoles, ahí están los murales que pintó Diego Rivera en el Palacio de Cortés en Cuernavaca, muchos años después de la Revolución, donde retrata con exactitud la lucha por nuestra tierra. Y resistimos los siglos de la dominación española y combatimos por la libertad política. Por la patria, mi abuelo materno fue un veterano de la lucha insurgente y combatió con Morelos en el heroico sitio de Cuautla. La generación de mis padres vivió las invasiones de gringos y gabachos y derramó con generosidad su sangre para defender la soberanía nacional. Crecí escuchando los relatos de combate de mis padres y abuelos; supe que Díaz había sido un héroe contra los franceses antes de ser un asesino de su pueblo. Crecí con el orgullo de ser un mexicano, un compatriota de Juárez, escarnecido en su patria pero admirado y alabado en el resto del mundo, y crecí ansioso de escribir mi nombre en esta lista de patriotas que habían sabido defender los principios de su gente.

—General, ¿cuál fue su primera participación política por la defensa de la tierra?

—Fue desde principios del siglo XX, en el año de 1902 participé directamente con la gente de Yautepec, que había sido despojada de 1 200 hectáreas de tierra de cultivo por Pablo Escandón; yo acompañé a un grupo de 60 vecinos a la Ciudad de México en una interminable serie de antesalas en distintas dependencias públicas, incluida una audiencia con Porfirio Díaz, para que se hiciera justicia y los dueños de la hacienda de Atlihuayán no les quitaran sus tierras. Ahí viví en carne propia las burlas y la falta de voluntad del gobierno para resolver nuestros problemas. Teníamos mucha paciencia e íbamos de un lugar al otro, haciendo frente a una perversa burocracia que parecía hecha tan sólo para desgastarnos. El representante de la gente de Yautepec era Jovito Serrano, a quien sus paisanos eligieron como representante por su honradez y su carácter decidido. Fue capturado en la Ciudad de México y lo pusieron preso en un cuartel bajo otro nombre, para evitar que fuera localizado. Junto con Ambrosio Castillo fue llevado a Quintana Roo con otros 35 indígenas del estado de Morelos. Al pasar por Veracruz logró escribirle a su esposa para contarle en detalle todo lo sucedido. Se murió en el destierro sin que nadie supiera cómo, quedando su familia desamparada.

—Y la situación no sólo no mejoró, sino que los abusos continuaron en la más absoluta impunidad, ¿no es así, don Emiliano?

—Los hacendados siguieron quitándonos nuestra tierra, en Anenecuilco y Villa de Ayala, por lo que escribimos al gobernador para hallar una solución, tuvimos una reunión y, como yo fui uno de los más combativos, luego se la tomaron conmigo. Al no obtener una respuesta del gobernador fuimos a visitar a Porfirio Díaz en persona a la hacienda de Tenextepango, propiedad de su yerno Ignacio de la Torre, en donde se encontraba reposando para cuidar su salud; le solicitamos que solucionara el problema de nuestra tierra, ya que el gobernador no podía. Todo eran promesas vanas; la forma en que los hacendados vivían realmente me ofendía, sus perros comían mejor que los niños de mi pueblo y la forma en que se expresaban de los campesinos era humillante; realmente a estas personas les importaba muy poco el pueblo de México y si vivíamos o moríamos; para nosotros era lo mismo Manuel Araoz que Nacho de la Torre, los García Pimentel, los Amor, los Pagaza; unos cuantos poseían todos los latifundios. El colmo fue cuando el administrador de la hacienda de Hospital nos dijo que si los de Anenecuilco queríamos sembrar, que sembráramos en macetas, pues ni en las tierras de *tlacolol*, en las laderas de los cerros, nos dejarían sembrar.

—Recuerdo una carta muy honesta, casi ingenua, donde explicaban lo que la tierra significa para ustedes; es del año 1910 y plantea que, como ya venía la temporada de lluvia, debían comenzar a preparar la tierra para la siembra del maíz, pues esto era lo que les daba el sustento.

—Intentamos todo, agotamos los trámites y recursos y siempre nos decían que esperáramos la resolución de las autoridades, y así lo hicimos hasta que se nos acabó el tiempo de secas, que es cuando hay que sembrar, y tuve que tomar una decisión.

—General Zapata, la presencia de Pablo Torres Burgos en Cuautla fue un factor importante para la difusión de las ideas que circulaban en forma secreta contra el gobierno de Porfirio Díaz, ¿frecuentaba usted la librería de Torres Burgos?

—El profesor Torres vivió primero en Cuautla, como usted dice, luego estuvo más cerca de nosotros, pues se mudó a Villa de Ayala y fue cuando lo traté más; llegaban los libros comerciales y también los revolucionarios; allí conocí el periódico *Regeneración* y pude leer el *Plan y Manifiesto del Partido Liberal* de 1906, en donde se exigían reformas en beneficio de obreros y campesinos; a partir de allí establecimos contacto con los Flores Magón y otros personajes. El profesor tenía la vocación de maestro y asesor, ayudaba a todas las personas que acudían a él, aconsejándolas sobre cómo se podían defender. Era un contacto importante con la prensa independiente de la capital, como el *Diario del Hogar* y *México Nuevo*, en donde publicaba las denuncias de los campesinos que sufrían toda clase de abusos de los hacendados y las autoridades.

—General Zapata, tras la muerte del gobernador Alarcón, que dejó pendientes de resolver los conflictos de Anenecuilco, ¿por qué motivo prefiere usted apoyar la candidatura de Patricio Leyva contra Pablo Escandón, siendo ambos poderosos latifundistas de Morelos?

—Verá usted, lo que nos interesaba era que nos devolvieran la tierra que nos pertenecía. Le reitero que para nosotros la tierra es la vida, sin tierra no somos nadie. Leyva al parecer comprendía muy bien esto, pues se declaró dispuesto a repartir las tierras de los grandes propietarios; en todo el estado había carteles, manifiestos y discursos de los leyvistas donde aseguraban esto, y por eso lo apoyamos contra Escandón, que era un tipo voraz y sin escrúpulos. Tan cínico que en una entrevista de prensa aseguró que no sabía nada del estado de Morelos, ni le importaba saber. Era un *dandy* del Jockey Club, como lo pintó Sánchez Azcona, y muy tramposo, pues aunque era muy burro se robó los proyectos de los demócratas y los publicó como si fueran suyos. La pelea fue en los diarios de la capital y mucha gente a la que no le importaba Morelos tomó parte en estas elecciones. Nosotros hicimos nuestro club leyvista en Villa de Ayala con el profesor Pablo Torres Burgos. Algunos ciudadanos recibieron amenazas de que apoyaran a don Porfirio con Escandón, o los mandaban a trabajos forzados a Yucatán. Metieron a todos los leyvistas que pudieron encontrar a la cárcel de Cuautla y eso sólo empeoró las cosas. El día de las elecciones metieron de nuevo a la cárcel a los opositores, no tenían completas las listas electorales y les faltaban boletas. El fraude fue evidente, en un primer conteo ganó

Escandón por 201 votos con 92 para Leyva, pero eso era un escándalo, pues implicaba muchos opositores. Entonces, dos semanas después, luego de perseguir más gente y encarcelar a los que creían opositores, dieron otro resultado: 235 para Escandón y 20 para Leyva, que se redujeron a 13 para terminar en cero. Ésa era la paz porfiriana, la paz de los cementerios.

El 15 de marzo Escandón juró como gobernador de Morelos, pero no contaría ni con el respeto o el apoyo de ningún morelense. Su despotismo, sus burlas y represalias hacia los campesinos fueron el preludio del levantamiento armado.

La elección en Morelos tuvo repercusiones en todo el país, pues fue el primer intento de elecciones libres después de la entrevista Díaz-Creelman, en la que el dictador aseguraba que daría al pueblo de México la oportunidad de ejercer democráticamente el voto. Por este motivo, en la Ciudad de México se formó el Partido Demócrata el 10 de enero de 1909, sus afiliados optaron por uno de los dos candidatos, Leyva o Escandón. Para hacer su propaganda política usaron las planas de los principales periódicos, tanto independientes como gobiernistas. Fue una campaña apasionada, pues muchos de los que en ella participaron creían de verdad que se habían terminado las imposiciones porfiristas; las demostraciones públicas eran ruidosas y la gente discutía y atacaba a los candidatos contrarios. Para los porfiristas eso era subversión y pronto comenzaron las dificultades. Después Patricio Leyva declaró que jamás haría una repartición de tierras y aguas, lo que decepcionó a los campesinos, que perdieron el interés en las elecciones; saliera electo el que saliera, ellos quedarían con los mismos problemas de siempre.

—1909 fue también un año decisivo para Zapata. Además del fraude electoral en el estado de Morelos, comienza su participación como jefe agrarista de Anenecuilco. Cuénteme, don Emiliano,

¿cómo sucedió este cambio y qué repercusiones tuvo en su vida?

—En 1909 los vecinos y ancianos me nombraron presidente de la Junta de Defensa de las Tierras de Anenecuilco y me entregaron todos los papeles que legitiman nuestra propiedad, desde los primeros mapas y los títulos de propiedad del siglo XVI, que se llaman mercedes reales. Tuve que estudiarlos con mucho cuidado, pues ahora era mi responsabilidad ante la comunidad; logré finalmente que nos devolvieran las tierras, a la fuerza, y eso me enemistó más con los hacendados y con el gobernador Escandón, por lo que me persiguieron en todo momento calificándome de bandolero y criminal; fue la primera vez que repartí tierras. A partir de este momento no volví a conocer la paz, no volví a estar en un solo sitio y Zapata se volvió ubicuo —dijo enigmáticamente hablando de sí mismo en tercera persona y volteando la vista hacia el jardín que ya se iluminaba con los primeros rayos de sol.

—¿Sufrió usted persecuciones por su participación en los clubes democráticos que apoyaron a Leyva?

—Como le digo, ya no conocí la paz, a mediados de 1909 tuve que salir de Morelos, pues supimos que ya me estaban buscando para aprehenderme, entonces me fui al sur de Puebla, donde ya conocían mi trabajo, y me contrató un señor Martínez como arrendador de sus caballos finos. En septiembre pude volver a Anenecuilco, pues ya se habían tranquilizado las aguas. Ese mismo mes me eligieron jefe de la defensa de las tierras, pues los mayores ya estaban cansados. Tome usted en cuenta que había que hacer muchos viajes a la Ciudad de México, y el viaje duraba dos días, pues había que atravesar Oaxtepec para entrar por la sierra del Ajusco y descender al valle de México hasta donde comenzaba el sistema de canales de Chalco, Tláhuac, Xochimilco e Ixtacalco y navegar en canoa hasta la capital. También se podía hacer el viaje en ferrocarril, pero era más caro, y la comunidad no tenía muchos recursos.

—Definitivamente, general Zapata, es muy importante que nos recuerde usted el contexto histórico. También hay que destacar que, para que usted fuera electo por los representantes de la comunidad, tenía que cumplir con los requisitos de ser un hombre cabal, trabajador, honrado y sobre todo tener mucho carácter. Tenía usted 30 años y era un digno sucesor para este cargo. Y continuó usted en la defensa airada del derecho a la tierra, fue entonces cuando lo llevaron otra vez a la leva, como castigo; entiendo que allí destacó por sus habilidades con los caballos, ¿recuerda usted este momento?

—Sí, me volvieron a llevar a la leva. Un día en que el regimiento hacía maniobras en las afueras de Cuernavaca, un caballo se desbocó tirando a su jinete, entonces el comandante ordenó que si había un charro presente rompiera filas y lazara al caballo, entonces me lancé a galope para alcanzarlo, lo lacé de inmediato y lo devolví al comandante. Luego, mis hermanos masones me ayudaron para salir del cuartel. Estuve del 16 de febrero a fines de marzo en el regimiento. El hermano Cerezo me consiguió la libertad, pues convenció a Ignacio de la Torre para que me empleara como arrendatario de sus caballos. Los que me ayudaron fueron los masones, no los hacendados, por eso en cuanto pasó un tiempo, Cerezo me indicó que podía volver a Anenecuilco, además ya se acercaba el tiempo de lluvias para sembrar mi parcela.

—Qué bueno que aclara usted este punto, general Zapata, pues no es muy sabido que usted perteneció a la masonería. ¿Y qué hay de cierto en que usted tuvo una amplia comunicación con los hermanos Flores Magón?

—Ellos fueron mis asesores, tanto Ricardo como Jesús Flores Magón me ayudaron mucho y nunca nos cobraron por sus servicios y sus consejos. Cuando le pedía una consulta a Jesús Flores Magón, siempre le mandaba un saludo que consistía en 10 pesos y un buen puro, pues yo sabía que a ellos tampoco les sobraba el dinero y su apoyo siempre fue de gran importancia.

Después de esta sesión decidimos salir a dar una vuelta por los jardines del café para conocer el entorno de este especial lugar situado entre dos mundos. El general me iba diciendo los nombres de las flores y acariciando suavemente las cortezas de los árboles que lo adornaban, y al verlo tan sereno, le pregunté por sus mujeres.

—General Zapata, ¿usted sólo se casó una vez? ¿Qué me quiere contar acerca de sus mujeres?, sabemos que dejó muchos descendientes y que tuvo usted muchas novias.

El general entrecerró los ojos, con añoranza y sonriendo me respondió al tiempo que tomaba entre sus dedos una delicada flor para aspirar su aroma:

—A mí siempre me gustaron las mujeres y yo les gusté a ellas, desde muy jovencito fui muy travieso. Sembré muchos hijos y ahora lamento no haber tenido la paz necesaria para cuidarlos y verlos crecer como debe ser. Dejé muchos hijos y ahora que sé más, me arrepiento mucho de esto por no haber podido estar presente en sus vidas. Con Inés Alfaro Aguilar, mi primer amor, tuve a Nicolás y Elena; con mi esposa Josefa Espejo tuve dos, el primero fue Felipe, que murió a los cinco años por picadura de víbora de cascabel, su hermanita Josefa había muerto antes de picadura de alacrán. Pobre de mi Josefa, cómo sufrimos de quedarnos sin hijos. Su belleza se fue apagando con tanta desgracia y de alguna forma yo me sentía culpable por no haber podido evitar la tragedia, pero no había nada que ninguno hubiera podido hacer para evitarlo, son pruebas que debemos superar. Tuve muchas mujeres en mi vida y ellas me dieron más hijos. Todavía viven algunos en el mundo: Ana María Zapata, hija de Petra P. Torres, y Mateo Zapata Pérez, los demás ya están del otro lado y me visitan de vez en cuando. Tengo muchos nietos y bisnietos que siguen diseminando mi semilla en el mundo. Pero más son los que defendieron mi lucha y la defensa de los campesinos. Los principios de la revolución zapatista son el ideal de mucha gente y mi espíritu vive en las personas que los defienden y que me llaman para darles fuerza en sus reclamos contra las injusticias que, por desgracia, continúan.

El general me invitó a sentarme en una cómoda banca de madera frente a un jardín florido que rodeaba un estanque. Los colibríes iban y venían en forma incesante desde las matas de flores de las orillas hasta las copas de los sauces que colgaban sobre el agua, donde tenían sus nidos, a salvo de los depredadores, con sus colores metálicos y vibrantes, siempre vitales y en movimiento. No pude evitar recordar que para los antiguos mexicanos, los colibríes eran los portadores de las almas de los guerreros muertos en combate.

—Vamos a seguir con la entrevista —me pidió—, hay que aprovechar el tiempo que se me ha concedido para estar aquí —esto me hizo retomar el hilo de la historia y proseguir.

—A partir de la entrevista que Díaz hizo con el periodista Creelman, en donde aseguró que México ya está listo para llevar a cabo elecciones libres, se inició una efervescencia demócrata en todo el país encabezada por Francisco I. Madero, quien publicó un libro muy importante, *La sucesión presidencial en 1910.* ¿En qué momento Zapata se afilia al maderismo y entra de lleno en la defensa de sus ideales?

—A todos nos sorprendió que Porfirio Díaz hubiera dicho eso; nos estaba dando el permiso para hacerlo a un lado y en todo el país se despertó, como dice usted, una efervescencia por el cambio. Los clubes antirreeleccionistas surgieron por todas partes y pronto comenzaron a ser reprimidos. Yo no me metí en eso al principio, pues en 1910 ya estábamos repartiendo tierras en Morelos; a la brava comenzamos a repartir o más bien a recuperar nuestras tierras del llano de Huajar, Anenecuilco, Villa de Ayala y Moyotepec. El gobernador me declaró fuera de la ley y comenzaron a perseguirme, pero eso era lo de menos, pues alguien tenía que hacer lo que era justo. Yo estaría de parte de quien nos diera la razón, pues a mí la política jamás me importó gran cosa.

—Según los datos históricos, éste fue el primer reparto agrario que hubo en México, mucho antes de que se publicara el Plan de San Luis, ¿cuáles fueron los antecedentes de este reparto de tierras, don Emiliano?

—Lo que pasa es que ya estaba muy cerca el temporal, había que preparar las tierras para sembrar antes de la llegada de las lluvias y no nos daban respuesta. Estábamos desesperados, pues sin cosecha nos moriríamos de hambre, incluso estábamos dispuestos a pagar el alquiler. Yo tenía una parcela para sembrar en el llano de El Huajar; sin siembra estábamos condenados y ya habíamos agotado todos los recursos legales, las comunicaciones y las solicitudes, así que decidí tomar las tierras, pues ya les habían dado permiso a nuestros vecinos de Villa de Ayala de sembrar; entonces llegamos ante ellos para que se fueran, pues las tierras eran nuestras y ellos lo sabían bien, todos éramos vecinos y parientes. Se tuvieron que ir y pudimos sembrar nuestras parcelas, aunque ya habían comenzado las lluvias y, como un mal presagio, la cosecha fue pésima. Los de la hacienda de Hospital nos querían cobrar por el uso de nuestras tierras. Nos presentamos todos ante el jefe político de Cuautla, Refugio Sánchez, quien para nuestro asombro, nos dio la razón y sentenció que pagaríamos al siguiente año si podíamos. Porfirio Díaz también dictaminó a nuestro favor para que nos dieran tierras, legitimando nuestro derecho. Había que hacerlo. Celebramos esta reivindicación histórica con un bonito jaripeo que nos salió tan bien que lo repetimos los siguientes dos domingos, en uno de ellos salí herido de una cornada en el muslo izquierdo. Todavía me dio tiempo de sembrar un campo de sandía con mucha ilusión, pero ya nunca pude cosecharlo.

—Al partir a la guerra, ¿qué medidas tomó usted, don Emiliano?

—Escondí la caja de hojalata con los papeles de las tierras de Anenecuilco al pie de la escalera que lleva al coro y a la torre de la iglesia. Eran documentos casi sagrados y por eso los coloqué en el templo, por si acaso lo respetaban los federales.

—¿Fue entonces cuando prepararon el Plan de Ayala, general?

—El Plan de Ayala lo hicimos después, cuando vimos que Madero no nos iba a responder; en estos momentos apenas nos reunimos en Villa de Ayala para comenzar a discutir lo que queríamos hacer y decidimos unirnos a Madero y afiliarnos al Plan de San Luis, pues en ese plan se aseguraba que se restituiría la tierra a sus antiguos poseedores y que se resolverían todos los despojos de acuerdo a la ley. En ese momento no sabíamos qué pasaría y lo más importante era apoyar los principios democráticos. Elegimos al profesor Pablo Torres Burgos como jefe del movimiento en Morelos y preparó su viaje para entrevistarse con Madero en Estados Unidos.

—Oiga, general, ¿es cierto que casi lo matan en Jojutla y que usted se puso a buscar al que había disparado, dentro de un edificio, sin bajarse nunca del caballo y sin que se le cayera el puro que llevaba en la boca?

—Estábamos reunidos todos en el zócalo de Jojutla, para emprender la marcha revolucionaria. Montaba yo un bonito retinto que me había regalado Prisciliano Espíritu, el cura de Axochiapan, cuando escuchamos una detonación. Al principio no supimos qué había sido, pero como yo sentí que el sombrero se me había ladeado, me lo quité y vi que tenía un agujero. Entonces volteamos a ver hacia el edificio de la jefatura política y allí estaba el que había disparado, en uno de los balcones, entonces lo vimos huir. Varios se precipitaron hacia el edificio, pero yo grité que nadie se moviera, entonces con el caballo subí las escaleras del edificio y recorrí todos los balcones, con la carabina en mano, cuando vi que no había nadie, volví a bajar con el caballo tranquilamente.

—Tras la muerte de Torres Burgos y del mismo Gabriel Tepepa, deciden elegirlo a usted como jefe de la revolución en el sur, ¿qué sucede a partir de este momento en su vida, general?

—Hasta ese momento, yo sólo era un jefe más; al ser propuesto como representante mandé avisar a los representantes de Madero en la capital. El grupo de Tacubaya había sido descubierto y Rodolfo Magaña me entregó 10 000 pesos para financiar el movimiento. Era una pequeña fortuna que nos ayudó muchísimo. Poco después me entrevisté con Juan Andrew Almazán, que era representante de Madero, y me ratificó como jefe maderista en Morelos en la reunión que tuvimos en Texcoco. Aunque no lo deseaba, tuve que asumir la responsabilidad del movimiento, para lo que me había estado preparando sin querer toda mi vida. Nosotros fuimos radicales, deseábamos recuperar las tierras en su totalidad, y eso era inaceptable para los sucesores de Díaz, tanto para León de la Barra como para Madero, y eso nos fue enemistando poco a poco.

—General, cuando usted se entrevistó la primera

vez con Madero el 8 de junio de 1911, un día después de su entrada triunfal a la Ciudad de México, ¿cuál fue su impresión del líder revolucionario?

—Por una parte me dio mucho gusto conocer al hombre capaz de haber vencido al gran Porfirio Díaz, por la otra me parecía difícil hacerme entender, pues su mundo era muy distinto del mío. Estaban presentes Benito Juárez Maza, Venustiano Carranza y Emilio Vázquez Gómez. Le expliqué al señor Madero que mis antepasados y yo, dentro de la ley y en forma pacífica, pedimos a los gobiernos anteriores la devolución de nuestras tierras ancestrales que nos habían venido quitando las haciendas, pero nunca se nos hizo caso ni justicia, unos fueron fusilados o se les aplicó la ley fuga; a otros se les mandó desterrados al estado de Yucatán o al territorio de Quintana Roo, de donde nunca regresaron, y a otros se les consignó al servicio forzado de las armas por el odioso sistema de la leva, como lo hicieron conmigo para quitarnos del camino; por eso ahora las reclamábamos por medio de las armas, ya que de otra manera no las obtendríamos, pues a los gobiernos tiranos nunca debe pedírseles justicia con el sombrero en la mano, sino con el arma empuñada.

—Y me imagino que Madero seguía sin comprender muy bien lo que usted le estaba diciendo...

—No, no comprendía nada, de modo que señalé la cadena de oro del reloj que llevaba Madero y le dije: "Mire, señor Madero, si yo, aprovechándome de que estoy armado, le quito su reloj y me lo guardo, y andando el tiempo nos llegamos a encontrar, los dos armados con igual fuerza, ¿tendría derecho usted a exigirme su devolución?" Madero me respondió que sin duda alguna, que incluso me pediría una indemnización. Y le pude decir que eso justamente es lo que nos había pasado en el estado de Morelos, en donde unos cuantos hacendados se han apoderado por la fuerza de las tierras de los pueblos. "Mis soldados me exigen que le diga a usted, con todo respeto, que desean se proceda de inmediato a la restitución de sus tierras."

—Oiga, general, ¿y cómo estuvo el asunto del licenciamiento de sus tropas? ¿Realmente Madero deseaba la paz o simplemente desarmar al ejército zapatista para que dejara de ser un peligro latente? ¿Cómo ve usted esto a la luz de los acontecimientos posteriores?

—Cuando Madero entró a la Ciudad de México, fuimos a verlo, me dijo que la Revolución ya había terminado y que debía licenciar todas mis tropas; entonces le respondí que había que darle antes al pueblo lo que necesitaba: la tierra, el agua, la libertad. Madero me respondió: "Caray, grandes cosas pides; bueno, voy a ir para allá para ver cómo están las cosas". Y así lo hizo, meses después fue a Cuernavaca con su familia y sus más cercanos seguidores; hasta fue mi padrino de boda y me obsequió una vajilla muy elegante. Me insistió mucho en que tenía que licenciar a la tropa como muestra de mis deseos de paz, pero a mí no me daba confianza el chaparrito. Antes de salir de Morelos, Madero instruyó al gobernador provisional Juan N. Carreón para que facilitara los fondos para el licenciamiento. Yo acepté y se hizo lo del licenciamiento, pero yo les había dicho antes a los hombres que sólo entregaran las armas que estaban malas y que guardaran las buenas para no quedarnos indefensos. Instalamos unas mesas en "La Carolina", a las afueras de Cuernavaca; en la primera mesa estaban los comisionados para recoger las armas; en la segunda estaba yo con Abraham Martínez, jefe del estado mayor, y Gabriel Robles Domínguez, jefe de la zona y representante de Madero; en la tercera mesa el encargado de pagar a los soldados. Si la persona era de las cercanías de Cuernavaca se le daban 10 pesos; si venía de más lejos o entregaba la pistola junto con la carabina, les dábamos 15 o hasta 20 pesos; como yo los conocía muy bien a todos, les iba diciendo cuánto dinero se les tenía que dar. Les entregábamos firmado por los tres su documento de baja, donde se les agradecía en nombre de la patria su ayuda para la causa. En eso estábamos cuando la gente de la Ciudad de México se agitó; tenían miedo de que nos apoderáramos de Cuernavaca; tuve que ir con mi hermano Eufemio para calmar a Madero y asegurarle que todo estaba en orden, pero que no veíamos voluntad del gobernador interino para resolver el asunto de nuestras tierras y que debía deponerlo; en prenda de buena voluntad entregamos 3 500 carabinas 30-30 de nuestra tropa, asegurándole que deseábamos la paz. Madero me dijo que vería qué hacer y me propuso convertirme en jefe de la policía de mi estado, pero eso no me gustó nada de nada, perdería el respeto de todos, comenzando por el mío. ¿Cómo de jefe de la Revolución me iba a convertir en jefe de la policía, es decir, del gobierno? Si ni siquiera nos habían resuelto los problemas, ni teníamos garantías de nada. Volvimos a Cuernavaca y seguimos un tiempo más el licenciamiento, pero ya sin ninguna convicción, cuando supimos que Madero había disuelto el Partido Nacional Antirreeleccionista para formar el Partido Nacional Progresista. Pero no veíamos que moviera gente, seguían los mismos de siempre y ninguno de los revolucionarios queríamos a los científicos. Con esta novedad mandé suspender el licenciamiento, además supe que Madero estaba en muy buenos términos con los hacendados, porque en el fondo él era eso, un hacendado más, y sólo se podía entender bien con ellos, no con nosotros, por eso no le importaba el problema agrario ni el reparto de tierras. En cuanto supieron de la suspensión, De la Barra inició una campaña militar contra nosotros, y nombró al frente de ella a Victoriano Huerta.

—General, el 12 de agosto de 1911, usted le envió un telegrama al gobernador interino de Morelos en donde le decía: "La historia juzgará. Estoy dispuesto a hacer cuanto me sea posible por el bien de mi estado y la tranquilidad pública, demostrando así que no soy traidor a mi patria ni al supremo gobierno ni al señor Madero".

—Así fue, lo que sucede es que nos tenían miedo porque sabían que no nos iban a dar la tierra y por eso nos querían quitar las armas, para luego irnos matando poco a poco y dejar las cosas como estaban. Es que eran los mismos; nada había cambiado y no deseaban que cambiara el orden de las cosas. No estaban dispuestos a cumplir con los acuerdos revolucionarios y por ese motivo estaban planeando atacarnos con el ejército federal, el mismo de Díaz, y el mismo general Huerta que ya nos había combatido anteriormente. Querían darnos dos metros de tierra a cada uno, pero para nuestras tumbas. Hablé por teléfono con Madero, él estaba en Cuernavaca y yo en Cuautla, para entablar negociaciones de paz, pero De la Barra y Huerta tenían otros planes y no bien salió Madero de Cuernavaca cuando Huerta movilizó sus tropas.

—¿Fue cuando Huerta comenzó su campaña contra usted, general? Según he leído, la preparó cuidadosamente con León de la Barra con el propósito de acabar con ustedes y pacificar el estado de Morelos completamente.

—Sí, llegaron a Cuernavaca con el plan de exterminarnos y pacificar el estado, con la paz porfiriana que le digo, que es la de los panteones. Esto fue muy grave, pues Madero estaba faltando a la palabra empeñada en los Tratados de Ciudad Juárez, es decir, estaba traicionando a la Revolución. Afortunadamente el gobernador interino de Guerrero, Francisco Figueroa, no aceptó ayudar a Huerta contra nosotros, sino que se puso de nuestra parte ofreciéndome su apoyo y el de sus hermanos; eso me tranquilizó mucho, saber que el estado de Guerrero no se pondría contra nosotros y que podía ser considerado territorio amigo, o al menos neutral, en nuestra guerra contra los federales. En una nota que le escribí a De la Barra le dije: "El pueblo quiere que se respeten sus derechos; el pueblo quiere que se le atienda y se le oiga, y no es posible que porque hace una petición, se trate de acallarlo con las bayonetas". Pero no deseaban atender nuestros reclamos, eso fue quedando cada vez más claro.

—General, imagino que entonces usted no sabía que Huerta actuaba por órdenes de León de la Barra en completo acuerdo para exterminar al zapatismo; mientras que con la mano izquierda, el general Huerta conciliaba a Madero haciéndole creer que no los atacarían. Planeaban incluso enviar a los zapatistas prisioneros a los campos de trabajo forzado de Yucatán, como en los mejores tiempos de don Porfirio. ¿Qué impresión recibió usted en estos momentos acerca de lo que se avecinaba?

—Por supuesto queríamos creerle a Madero, pero por el otro lado veíamos que Huerta seguía moviendo tropas y de pronto había escaramuzas con la gente; nosotros desde el principio no vimos la intención de paz y siempre desconfiamos de los porfiristas, que seguían siendo las mismas gentes. Eso que usted me dice lo supe luego con toda claridad, pero en esos momentos sólo veíamos que las cosas se iban poniendo color de hormiga. Todavía le escribí a Madero el 17 de agosto, ahí debe tener usted copia de mi carta

—terminó Zapata señalando unos papeles que puse sobre la mesa al inicio de la charla.

—Bien, general. Usted escribió entonces a Madero expresándole su indignación por el ataque de los federales. Se declara dispuesto a morir por los principios democráticos. Se queja de que los hacendados "científicos" desean mantener al pueblo en la esclavitud y le dice que la Revolución sólo se hizo "a medias", pero que confía en que sabrá resolver la situación para evitar el derramamiento de sangre.

—Madero me respondió de inmediato y viajó a Morelos para asegurarme que todo se solucionaría. Pero ambos fuimos traicionados por León de la Barra. Victoriano Huerta seguía sus órdenes al pie de la letra. Para ambos, tanto Madero como Zapata éramos insignificantes estorbos que debían ser eliminados para mantener el orden porfiriano en el que ambos se formaron ideológica y políticamente. Por eso no me extrañó ni por un instante que Huerta ordenara su asesinato. Era algo que se veía venir desde el principio, sólo había que saber observar a estos individuos.

—Huerta no se retiraba y Madero estuvo en Yautepec, donde su vida corrió peligro por los ataques del ejército, ¿es cierta la anécdota de que su hermano Eufemio le sugiere matar de una vez a Madero, general?

—Huerta nos combatía en Yautepec y Madero insistía en el licenciamiento; al saber que Madero iría hacia Yautepec, mi hermano Eufemio me dijo: "Emiliano, este chaparrito Madero nos traicionó, vamos a quebrárnoslo"; entonces le respondí: "Mira, Eufemio, es cierto que el chaparrito es muy pendejo, pero no somos los únicos que estamos enojados con él, es tan pendejo que ya habrá otros que lo maten, nosotros no debemos mancharnos las manos con su sangre, pues él es el jefe de la Revolución y no debemos pasar a la historia como sus asesinos, no te preocupes, hermano, que no va a durar mucho". Si viera usted cómo me acuerdo de esta charla, que fue profética, aunque no era tan difícil adivinar lo que le pasaría al chaparrito, pues de veras que no había entendido nada. Yo sabía que cada uno de mis actos sería juzgado por la historia, por eso le dije a Madero: "Vaya usted a México, señor Madero, y déjenos aquí; nosotros nos entenderemos con los federales. Ya veremos cómo cumple usted cuando suba al poder".

—Si no recuerdo mal, general, fue entonces cuando lanzó usted su Manifiesto al Pueblo de Morelos, el 27 de agosto, para alertar a sus partidarios sobre las medidas a tomar ante lo que estaba sucediendo. ¿Qué sucedió después de dar a conocer este documento?

—Estábamos en Villa de Ayala, mi compadre Otilio Montaño nos acompañaba. Pedíamos básicamente el retiro de los federales de Morelos por amenazar la paz pública y la soberanía del estado; reiterábamos los acuerdos con Madero, el licenciamiento de las fuerzas revolucionarias, que el gobernador fuera Eduardo Hay, el jefe militar Raúl Madero, que se respetaría la legitimidad del voto y sobre todo que los veteranos del Ejército Libertador del Sur contaran con todas las garantías. La respuesta de De la Barra fue ordenar nuestro exterminio. Casi me capturan en Chinameca, pero logré huir y tomamos al hilo Topilejo, Tulyehualco, Nativitas y San Mateo, en el valle de México, y nos dirigimos hacia Milpa Alta. La respuesta del general Huerta fue muy intensa y nos tuvimos que replegar en Tlapa, en el estado de Guerrero —el general Zapata dio un gran suspiro mientras volteaba el rostro hacia las blancas nubes que adornaban el horizonte, para recibir un poco de aire fresco en el rostro.

—Es un documento muy preciso, general —comenté—. Es el establecimiento de los principios de defensa y lucha ante la acechanza de los federales. Sin embargo tengo entendido que la represión continuó a pesar de todas las promesas de Madero.

—Así fue, como hombres libres resistimos los ataques, con la guerra de guerrillas, pues ellos eran

el ejército regular y nosotros teníamos muy mal armamento que mejoraba de calidad cuando lo podíamos
tomar al enemigo. Teníamos la enorme ventaja de
conocer cada palmo de nuestro territorio y además
de conocer su historia militar, pues no olvide usted
que a nuestros abuelos los combatieron los realistas.
Teníamos los relatos de sus luchas, las mejores rutas
de escape y escondites; de manera que no nos de-
rrotarían fácilmente. Nosotros defendíamos nuestra
vida, nuestra tierra, mujeres e hijos; ellos en cambio
eran un ejército de paga que no tenía tantos motivos
para el combate como nosotros.

—A esto se debe que usted tuviera uno de los
sistemas de espionaje más efectivos de todos los tiempos y además gratuito, general, ¿me quiere comentar
algo al respecto?

—Pues no sé si llamarle espionaje o puro instin-
to de supervivencia del campesino. Todos eran mis
informantes, desde los vendedores de pollo, hue-
vo, carbón, arrieros, comerciantes, vendedores de

comida; toda la gente que recorría los caminos, y entraba y salía de las ciudades; me daba cuenta de los movimientos de mis enemigos, de sus planes y de las fuerzas con que contaban, y esto sucedía sin que yo se los pidiera. Todo el tiempo que duró la lucha se mantuvo esta información, pues la gente me veía como a un nuevo libertador. La gente más humilde era mi incondicional y para ellos su vida, que era lo único de que disponían, estaba a mi servicio.

—Y según algunos relatos contemporáneos los indígenas honderos pertenecientes a sus filas arrojaban bombas molotov al enemigo, en lugar de los tradicionales cantos rodados.

—Los anarquistas intentaron hacerlas con botellas de vidrio y a los campesinos se les ocurrió hacer estas rústicas granadas de fragmentación. Casi desprovistos de armas de fuego, habían llenado, con dinamita y clavos, latas de conserva vacías provistas de mechas cortas, que encendían con sus puros, y que lanzaban con hondas hechas de henequén. Si la mecha quedaba demasiado larga, el adversario la devolvía al atacante arrojándola como una granada, con mortíferos resultados para quienes no estaban a cubierto. Si, por el contrario, la mecha resultaba corta, el artefacto explotaba en las manos del atacante. Uno de éstos, que acababa de quedar con el brazo derecho horriblemente destrozado, pudo tomar otra bomba con la mano izquierda y la encendió tranquilamente con su puro. En el momento en que, erguido fuera de toda protección, hacía girar su honda por encima de la cabeza, cayó bajo una lluvia de balas gritando: "¡Viva Zapata!" Ésos eran los hombres que luchaban en mis filas.

—General Zapata, entiendo que Madero estaba muy lejos de comprender la realidad, ustedes de pronto eran una fuerza muy numerosa que había tomado algunos pueblos del sur del Distrito Federal hasta las afueras de Tlalpan, el general Huerta pretendía que ya estaban pacificados y rendía un informe de operaciones. Usted deseaba la conciliación, pero Madero le pedía la rendición y el indulto del delito de rebelión. Además le pedía que se fuera a radicar fuera del estado y de preferencia fuera del país.

—Ése fue el peor de los errores de Madero. Le perdí el poco respeto que me quedaba por su liderazgo; llamé a mi compadre Otilio Montaño y nos retiramos a la sierra para preparar el Plan de Ayala, que publicamos en la capital el 15 de diciembre de 1911. Verá usted —dijo el general acariciándose el bigote—, era necesario preparar un plan político para que no nos siguieran considerando unos bandidos robavacas y asesinos. Éramos revolucionarios y hasta que no lográramos nuestras reivindicaciones o hasta que nos mataran seguiríamos en la lucha. Nos reunimos en Ayoxuxtla, Puebla, cerca de 5 000 soldados para dar a conocer el plan, lo firmaron los principales. Algunos tenían miedo de firmar, pero les dije que de todos modos los iban a matar si firmaban o no y les grité: "El que no tenga miedo que pase a firmar", ningún oficial de la fuerza de Fortino Flores firmó, y eso que

venía con más de 1 000 hombres; los demás se daban
de codazos y se jaloneaban, y los más decididos firmaron y se comprometieron con sus hombres, luego
le hicimos el juramento a la bandera y cantamos el
himno nacional. Yo hice firmar a los más que pude y
les dije que cuando ganáramos alguno quedaría vivo
de todos los que firmamos, y que ése haría cumplir
el plan en nombre de todos los que iban a luchar y
morir por él.

—Fue la declaración de guerra al gobierno maderista, general; desconocieron por completo su gobierno por haber perseguido a los revolucionarios
que lo llevaron al poder, por burlarse del sufragio
efectivo desconociendo a Vázquez Gómez para imponer a Pino Suárez; reconocían como jefe de la
Revolución al general Pascual Orozco, y en caso de
que no aceptara, a Emiliano Zapata. Sus principales
reivindicaciones eran la devolución de los terrenos,
montes y aguas que hubieran sido usurpados por
los hacendados a los pueblos o ciudadanos, por el

medio que fuera. La expropiación de una tercera parte de los latifundios, con su indemnización para que los ciudadanos de México obtuvieran ejidos, colonias y fundos legales. Condenaban a los hacendados que se opusieran al plan, a la nacionalización de sus bienes, para indemnizar a los sobrevivientes de la guerra, las viudas y huérfanos de los combatientes. Al triunfo de la Revolución, una junta de jefes revolucionarios elegiría un presidente interino para convocar a elecciones.

—Mire usted, tuvimos que llegar a esto. Fuimos prudentes hasta lo increíble. Se nos pidió primero que licenciáramos nuestras tropas. Y así lo hicimos. Después dizque triunfante la Revolución, el hipócrita de De la Barra, manejado por los hacendados caciques del estado de Morelos, mandó al asesino Blanquet y al falso Huerta, con el pretexto de mantener el orden, cometiendo actos que la misma opinión pública reprobó protestando en la Ciudad de México por medio de una imponente manifestación.

Hubo muchos intentos de asesinarme, el primero que fracasó fue en Chinameca, como que ese lugar les gustaba para matarme; hubo más intentos y, luego, la claudicación de Madero que me pedía que me entregara para sacrificarme. En ese momento muchos auténticos revolucionarios se pudrían en las cárceles de México, como Abraham Martínez y Cándido Navarro. Yo no entendía esos triunfos a medias, esos triunfos en que los derrotados son los que ganan; de esos triunfos en que, como en mi caso, se me ofrecía, se me exigía, dizque después de triunfante la Revolución saliera no sólo de mi estado sino también de mi patria... Yo estuve resuelto a luchar contra todo y contra todos sin más baluarte que la confianza, el cariño y el apoyo de mi pueblo.

—Usted fue el jefe de la revolución del sur, el Plan de Ayala se difundió y la gente se levantó en armas en Tlaxcala, Puebla, México, Michoacán, Guerrero y Oaxaca. Entonces Madero, ya en la presidencia, decretó el estado de sitio y nombró a un personaje sanguinario, el general Juvencio Robles, con órdenes de que considerara que en Morelos hasta las piedras eran zapatistas y había que destruirlas.

El general se tensó por primera vez desde el inicio de nuestra conversación, tomó aire, colocó su mano en el entrecejo y me respondió:

—La represión fue indiscriminada, quemaban las casas, los campos y los bosques; detuvieron y golpearon a mi suegra, a su hermana y a dos de mis cuñadas y las llevaron en calidad de rehenes a Cuernavaca. Fusilaban a todos los sospechosos sin juicio sumario. Hicieron algo terrible, destruían las aldeas y las rancherías y metían a la gente en campos de concentración; estas medidas inhumanas encendieron la rebelión. Antes de ser asesinados, las mujeres, los niños y los viejos huían de los pueblos y se iban "a la bola", la lucha cada vez fue más brutal y violenta.

—En esas fechas capturaron a Gildardo Magaña y lo pusieron en la misma cárcel que a Villa, lo que favorecería la relación entre ustedes más adelante,

¿qué significó la captura de Magaña y de los principales representantes zapatistas para el movimiento?

—Fue un golpe muy duro, nos replegamos para acumular pertrechos, pero nunca aceptaríamos la paz hasta no derrocar a Madero. Les volábamos los trenes, llenos de federales. La represión disminuyó con la elección de Patricio Leyva como gobernador, quien de inmediato retiró al asesino Robles y nombró al general Felipe Ángeles al frente de las operaciones militares en el estado. Ángeles era una persona honrada y no deseaba continuar reprimiéndonos, deseaba en verdad la paz y así lo demostró en los hechos; sin embargo nosotros ya no les creímos tan fácilmente.

—Así es, general, Francisco I. Madero sólo empeoró la situación, pues la misma falta de sensibilidad hacia los reclamos agrarios la tuvo hacia los obreros que levantaron huelgas en todo el país. El 9 de febrero de 1913 estalló la Decena Trágica con la sublevación militar encabezada por Félix Díaz y

Bernardo Reyes. Madero comete el último de sus errores fatales, no escuchó el consejo de su hermano Gustavo y nombra a Victoriano Huerta al frente de las tropas de defensa, a pesar de contar con la presencia de Felipe Ángeles, al que todos apoyaban por su honestidad. ¿Es cierto que en estos momentos, general Zapata, tuvo usted la grandeza de ofrecerle apoyo militar a Madero, a pesar de lo mal que lo había tratado?

—Cuando estalló el cuartelazo, Felipe Ángeles, que conocía mis lealtades, me escribió poniéndome al tanto de la situación y me pidió paso franco para el tren que llevaba sus tropas a la capital; también acordé no atacar la ciudad de Cuernavaca, que quedaba indefensa. Entonces le di al general Ángeles una carta para Madero, ofreciéndole llegar de inmediato con 1 000 de mis mejores hombres para defender su gobierno. Entienda usted que, aunque él nos trató muy mal, era el jefe de la Revolución de 1910 y representaba el cambio revolucionario. Díaz y Reyes eran los cachorros de don Porfirio, la contrarrevolución. Pero Madero no quiso mi ayuda.

—Pero acabó dándole a usted la razón, general.

—No me diga, ¿de verdad? —inquirió con sorpresa Zapata arqueando una ceja.

—Sí, general; cuando estaban encarcelados con Felipe Ángeles, Madero le confió que usted había tenido toda la razón al desconfiar de los funcionarios federales y de Victoriano Huerta, al predecir su deserción, y que otra hubiera sido su suerte si hubiera sabido confiar en sus verdaderos aliados y amigos; estaba muy agradecido con su gesto de apoyarlo militarmente, sin embargo para él ya todo estaba perdido. Poco después lo ejecutaron junto a Pino Suárez, el 19 de febrero, luego de que firmó su renuncia, en el muro posterior del palacio de Lecumberri, a donde lo llevó con engaños el chofer de Ignacio de la Torre, de acuerdo con los demás partidarios de Félix Díaz.

—Así es, la presencia de Victoriano Huerta en el poder era algo nefasto para nosotros, ya lo conocíamos bien, por eso el 2 de marzo le enviamos un comunicado advirtiéndole que seguiríamos en rebelión y que nos oponíamos por completo a la imposición de su presidencia. Era un asesino, el asesino de la democracia, y por eso nos causaba repugnancia. Su respuesta fue lo que esperábamos, volvió a nombrar al sanguinario general Juvencio Robles como comandante militar de Cuernavaca e impuso la ley marcial.

—¿Cuál fue la respuesta del zapatismo ante la temible presencia de sus más feroces enemigos?

—Mire usted, decidimos atacar de inmediato, con toda energía, tomando Jonacatepec, donde me apoderé de una buena cantidad de armas y caballos; Genovevo de la O atacó Cuernavaca y yo estuve en Tepalcingo y San Miguel Ixtlico. Se trataba de dar una ofensiva militar en gran escala y, en cuanto se pudo, nos reunimos para hacer la siguiente enmienda al Plan de Ayala para declarar a Huerta "usurpador... cuya presencia en la presidencia de la república acentúa cada día más y más su carácter contrastable con todo lo que significa la ley, la justicia y el derecho y la moral, hasta el grado de reputársele peor que Madero". Eso lo dimos a conocer el 30 de mayo de 1913 para que la gente supiera de esta nueva causa.

—De alguna forma su ofensiva ayudó a fortalecer a los revolucionarios del norte y en última instancia a la caída de los usurpadores.

—Ahí fue cuando Carranza, que era el gobernador de Coahuila, entró a la Revolución desconociendo la usurpación, lo mismo el gobernador de Sonora; todos los demás reconocieron al gobierno de Huerta aunque después lo hayan negado. El golpe para nosotros fue cuando Pascual Orozco reconoció a Huerta y no al Plan de Guadalupe propuesto por Venustiano Carranza y al que se adhirieron Álvaro Obregón, Pablo González y Francisco Villa, y así comenzó la lucha de los constitucionalistas.

—Pero a ustedes el constitucionalismo no les daba ninguna respuesta en cuanto al tema agrario, era tan sólo la continuidad del sistema porfiriano y el derrocamiento del gobierno golpista de Huerta.

—Carranza era un hombre del antiguo régimen. No deseaba cambiar el sistema, no comprendió la esencia de la lucha social que hacíamos en el sur ni el norte, que le resultaba más cercano. No fue sino hasta que Villa y yo rompimos con él que dio su discurso en Hermosillo, donde habla de la lucha de clases que se iba a dar en el país, de que debía haber justicia, cambios en la banca y sobre todo en el establecimiento de una nueva Constitución. Decía que tanto los obreros como nosotros, los campesinos, debíamos hacer nuestras propias leyes después de obtener la victoria. Era pura demagogia, no se quería comprometer a nada, y era un retroceso respecto del Plan de San Luis de Madero; mientras combatíamos a Huerta no hubo problema, pero luego nos volvimos enemigos.

—Oiga, general, ¿fue en 1913 o 14 cuando se incorporaron los abogados agraristas y anarquistas al zapatismo? ¿Qué significó este apoyo para la lucha?

—Fue en 1913, el 1 de mayo, los obreros de la capital hicieron la mayor manifestación en esa época para conmemorar el aniversario de los Mártires de Chicago, se reunieron cerca de 20 000 personas y se demandó el derecho al trabajo, el descanso dominical, la jornada de ocho horas, y para cerrar con broche de oro, se denunció la traición de Victoriano Huerta. Hubo otro mitin en la Alameda, donde mi amigo Antonio Díaz Soto y Gama (que fue quien me contó lo sucedido, pues yo no estuve allí) y Serapio Rendón dieron encendidos discursos. Rendón llamó a Huerta "asesino de encrucijada", lo que le costó la vida, pues Huerta era un tipo siniestro. La policía persiguió a los líderes obreros y expulsó de México a José Santos Chocano y a otros simpatizantes del movimiento social. Luego de que Huerta cerró la Casa del Obrero Mundial aumentó la represión. Allí habían estado colaborando los anarquistas, Díaz Soto y Gama, Octavio Paz, cuyo hijo se volvió un poeta famoso, como el padre de usted. También se fueron con nosotros Rafael Pérez Taylor, Luis Méndez y Mendoza y otros. Con este apoyo ideológico, al mismo tiempo que nos defendíamos de la brutal represión de "aldea arrasada" de Robles, definimos el lema de *Tierra y Libertad*. ¿Oiga, y si me permite la pregunta, ¿qué bando tomaron sus abuelos?

—Tanto Octavio Paz Solórzano como José Merced Huerta fueron revolucionarios, el primero fue anarcosindicalista y mi abuelo paterno, un juez de paz de mentalidad positivista o "científico" que vivía entonces en Irapuato, fue obregonista; mi abuelo materno, José Francisco Nava, fue teniente de caballería en la División del Norte para combatir a Carranza. Pero volvamos a usted, mi general, en el momento en que Huerta le envía al padre de Pascual Orozco para llegar a un acuerdo, ¿no tuvo usted dudas al mandarlo fusilar?

—Por supuesto; mire usted, lo que pasa es que Huerta estaba acorralado, con Villa, Obregón y Carranza en el norte y nuestras fuerzas en el sur; no tenía cómo combatirnos a todos. Intentó dividirnos mandándome al señor Orozco, pero su hijo ya nos había traicionado antes, al sumarse al cuartelazo. Ni yo ni nadie del sur deseábamos pactar con los asesinos de Madero, mandé fusilar al señor también como mensaje para su hijo, pues eso es lo que hacíamos con los traidores. Para este momento nosotros ya teníamos dominada gran parte de territorio del sur, nos faltaba acabar con la guarnición de federales en Cuernavaca; en Guerrero ya habíamos tomado Chilpancingo. Allí se hicieron muchos juicios a los federales; los que resultaron culpables de las masacres y de haber incendiado poblaciones, campos agrícolas y bosques, fueron pasados por las armas.

—Debo preguntarle, don Emiliano, ¿tomó usted alguna acción cuando la invasión de Estados Unidos a Veracruz?

—Lo sucesos de Veracruz me hicieron hervir la sangre, pero ni por eso me haría aliado de Victoriano Huerta; si se atrevían a invadir el país, entonces defendería a la República a toda costa, pero no fue así, y como Antonio Díaz Soto y Gama me informó que la acción invasora se limitaba al puerto de Veracruz, continuamos con la campaña del sur.

—La ofensiva zapatista, sumada a la toma de Zacatecas y a las operaciones de los principales revolucionarios en el norte, hicieron que Huerta renunciara y marchara al exilio, en el *Ipiranga*, siguiendo los pasos de su antiguo jefe, Porfirio Díaz. ¿Qué sucedió en este momento con el Ejército del Sur, general Zapata?

—El nombre correcto es Ejército Libertador del Sur. Cuando se va el usurpador, queda como presidente interino un tal Francisco Carbajal, nosotros nos habíamos apoderado del sur de la ciudad, Xochimilco, Milpa Alta, Tlalpan y San Ángel. Carbajal, muy asustado, me escribió que me entregaría la ciudad, sus arsenales y guarnición a cambio de que le prometiera que respetaría las vidas y propiedades de sus habitantes. Pero a mí no me interesaba tomar la ciudad, lo que queríamos era la reivindicación agraria; por eso nos reunimos el 19 de julio para elaborar un Acta de Ratificación del Plan de Ayala, donde combatiríamos hasta que no hubiera un solo personaje en el gobierno que hubiera colaborado con Huerta. Pedíamos el cumplimiento cabal de los principios agrarios del Plan de Ayala original.

—Mientras tanto Carranza y Villa en el norte se disputaban la toma de la Ciudad de México; Carranza lo impidió saboteando incluso los trenes que abastecían las filas de la División del Norte, hasta que firmaron el Pacto de Torreón, donde Carranza quedaba como jefe del movimiento constitucionalista y Villa quedaba al frente de la División del Norte como general de división. Carranza tenía la obligación de celebrar elecciones, en las que los principales jefes revolucionarios no tenían derecho a presentar su candidatura; los candidatos se nombrarían en una convención donde se establecerían los principios del futuro gobierno nacional. Tan ocupados estaban discutiendo, que no vieron venir a Obregón, que se adelantó tomando al hilo las ciudades de Guadalajara, Guanajuato y Querétaro. Con él sí quisieron negociar los funcionarios del gobierno provisional y el 13 de agosto de 1914 firmaron los Tratados de Teoloyucan, rindiendo las fuerzas federales y la capital a las fuerzas del general constitucionalista Álvaro Obregón. Con las fuerzas de usted, general, y con las de Pancho Villa, no deseaban hacer trato alguno.

En este momento nos avisaron que comenzaba el servicio de comedor. El Café del Intramundo tiene la maravillosa ventaja de contar con algunos de los mejores chefs que ha habido, por lo que era fácil satisfacer los antojos del comensal más exigente. De manera que volvimos a nuestra mesa para hacer una pausa necesaria y revisar los menús, que estaban en español y esperanto. Este café tiene sucursales en algunas de las ciudades más importantes del mundo y los menús siempre están en esperanto y en el idioma local. Cabe decir que a las almas que van al otro lado se les dan cursos de esperanto para facilitar su comunicación con los demás ciudadanos de las comarcas celestiales. Los que tienen más tiempo allá utilizan la telepatía, pero llegar a dominarla requiere de muchos siglos.

Emiliano tenía el antojo de un mole poblano con tortillas recién hechas, acompañado de arroz a la mexicana; pedimos una fuente con taquitos de guisados tradicionales del centro y sur de México para abrir el apetito. Nos trajeron una jarra de agua de horchata que disfrutamos mucho, pues teníamos mucho rato conversando en el jardín. Disfrutamos la comida y en un acuerdo tácito no tocamos el tema de la Revolución; al concluir, el general pidió un mezcal de pechuga y sacó un cigarro de hoja aromático, lo que hizo que le pusieran su extractor de humo para no importunar a los demás comensales, y procedió a encenderlo con una cajita de cerillos de madera para no bloquear el aroma del tabaco.

—Obregón nos ganó de calle —continuó Zapata— por un día; luego vino el deslinde de intereses entre nosotros, para ver en qué términos quedarían nuestras alianzas. Yo esperaba que Carranza cumpliera con el Plan de Ayala, para que nos restituyeran las tierras que nos fueron robadas y se expropiara una tercera parte de sus latifundios para repartir la tierra entre los campesinos pobres. Envié a mis representantes y en total tuvieron seis entrevistas con Carranza, dos en Tlalnepantla y cuatro en Palacio Nacional, pero el hombre no daba el brazo a torcer, quería que nos sometiéramos al Plan de Guadalupe; decía que él no estaba dispuesto a reconocer nada de lo que se enunciaba en el Plan de Ayala, que la devolución de tierras era ilegal; él no quería saber nada de nuestras demandas y quería ponerse por encima de todos, como primer jefe.

—General, usted publicó un extenso manifiesto en agosto del 14 en donde aseguraba que la Revolución había concluido y que era hora de que el país supiera la verdad respecto del zapatismo, ¿qué nos puede decir respecto a este documento?

—Teníamos que aclarar nuestra posición. Que la

gente supiera que nuestros motivos no respondían a intereses de personas, grupos o partidos, sino a los de los campesinos que lucharon por la tierra. Exigíamos el cumplimiento de los principios del Plan de Ayala: expropiación de tierras por causa de utilidad pública, confiscación de bienes a los enemigos del pueblo y restitución de sus terrenos a los individuos y comunidades despojados. Esto era lo fundamental; advertíamos que, de lo contrario, la guerra continuaría. Pero no fuimos escuchados.

—Don Emiliano, Carranza le envió a varios representantes, pero jamás aceptó una entrevista personal con usted, ¿no es así?

—Yo lo invité a reunirse conmigo en Yautepec y en Cuernavaca, pero siempre envió representantes, me mandó al Doctor Atl, Lucio Blanco, Juan Sarabia, Luis Cabrera y Antonio Villarreal. Nunca hubo forma de llegar a ningún acuerdo; para Carranza éramos bandoleros y no teníamos razón en nuestros reclamos de expropiación. Ah, pero ellos sí que expropiaron las mansiones de los porfiristas, pero para su uso personal; Obregón se quedó con la mansión de Alberto Braniff en el Paseo de la Reforma; Pablo González la de Fernando de Teresa en Tacubaya; el general Villarreal, la de Iñigo Noriega; Buelna se quedó con la casa de Tomás Braniff, y Braceda, la de Enrique Creel. Vasconcelos se quedó con la casa de Luz Díaz, la hija de don Porfirio que estaba casada con Francisco Rincón Gallardo, y Lucio Blanco se quedó con la mansión de Limantour. Para ellos sí se valía expropiar lo que nunca les perteneció, pero nosotros no podíamos recuperar las tierras de las que habíamos sido despojados a manos de los hacendados y cuyos títulos y límites teníamos perfectamente documentados.

—¡Y se atrevían a llamarles a ustedes bandoleros! La gente temía a los Constitucionalistas, también conocidos popularmente como "Consusuñaslistas", pues todo se robaban, nunca se había visto algo semejante en el país; ellos fueron los que desmantelaron los ingenios azucareros pieza por pieza. Qué vergüenza, general. En septiembre de 1914 se dio el rompimiento frontal con Carranza, quien se autoproclamaba primer jefe del ejército constitucionalista, investido con el Poder Ejecutivo, dejando a un lado la posibilidad de nuevas elecciones.

—Sí, recuerda usted bien, Carranza era muy ambicioso y fue un enemigo formidable, tanto de Villa como mío, porque nuestra lucha era por y para el pueblo, no para nuestras ambiciones personales. Nosotros reiteramos el Plan de Ayala y el general Villa se convirtió en nuestro aliado y me invitó a las reuniones que estaban planeando. Los principales generales norteños deseaban convocar a una convención, que se realizaría en Aguascalientes, para definir cómo sería el nuevo gobierno revolucionario. En septiembre Carranza nos declaró públicamente fuera de la ley y, tres días después, el día 8 publicamos nuestra respuesta. Reiterábamos el Plan de Ayala con el añadido de que todas las personas que se opusieran a nuestra

Revolución sufrirían la nacionalización de sus bienes rurales y urbanos, pues "la revolución no se había hecho para conquistar ilusorios derechos políticos que no dan de comer sino para procurarse un pedazo de tierra que habría de proporcionarle alimento". La situación se volvía cada vez más y más radical; por esas mismas fechas, Pancho Villa publicó un manifiesto donde declaraba a Carranza "traidor a la revolución y exhortaba al pueblo a destituirlo, formar un gobierno civil y realizar reformas sociales y económicas".

—¿Y por qué no asistió usted a la Convención de Aguascalientes, don Emiliano? Tengo entendido que nombró a los agraristas más notables para que fueran y actuaran en su representación ante los demás coroneles y generales revolucionarios.

—Decidimos que yo no debía abandonar el territorio por motivos de seguridad, además mientras viví jamás me sentí cómodo entre los políticos. Mis representantes eran casi todos abogados, muy capaces en las artes oratorias y en los discursos improvisados. A mí nunca me gustó la política, yo siempre fui un hombre directo y de pocas palabras, para eso están los abogados, para representarlo a uno. Además ellos estaban al cien por cien con la Revolución y tenían mucho entusiasmo, por eso los convertí a todos en coroneles, aunque jamás hubieran disparado una bala o se hubieran subido a un caballo, pues era un requisito para asistir a la Convención. Debía usted haberlos visto, parecían actores en una obra de pueblo ostentando sus galones nuevos como gallitos de pelea. Después de todo iban a un combate muy complicado, pues la arena política tiene tanto riesgo como la militar, sobre todo porque entonces todo el mundo andaba armado hasta los dientes.

—¿Recuerda usted quiénes fueron sus representantes, general, y cuál era su objetivo?

—La invitación oficial me la llevó personalmente el general Felipe Ángeles, uno de los militares más íntegros que conocí en la lucha revolucionaria. Tanto así que cuando llegó a Cuernavaca, sus enemigos lo saludamos con afecto, los mismos a quienes había combatido meses antes, pues tuvo una actitud conciliatoria, y nos dio bastante paz durante el tiempo que estuvo a cargo de las operaciones militares en el estado de Morelos.

—Cuando Felipe Ángeles insistió en la importancia de que asistiera usted personalmente a la Convención, ¿cuál fue su respuesta?

—Primero le agradecí su presencia, reiterándole la importancia de su persona para mí y las de algunos de sus acompañantes. Le expliqué que yo no podía tomar la decisión unilateralmente sin una junta con mi Estado Mayor, pero que antes que nada debíamos tener el acuerdo de que la Convención aceptara el Plan de Ayala, de lo contrario no teníamos interés en participar.

—Fue entonces cuando Ángeles le explicó la necesidad de su presencia para hacer un frente común contra los carrancistas. Que él consideraba que no habría problema con la aceptación del Plan de Ayala, pero que los miembros de la Convención debían ser convencidos de su importancia y necesidad para conseguir que los ideales revolucionarios se tomaran en cuenta.

—Sí, era muy importante la alianza con los villistas. Antes de Aguascalientes, Carranza había hecho una convención en la capital, pero ni Villa ni yo asistimos, pues no era un terreno neutral y fácilmente nos podían tender una trampa, por eso decidimos que Aguascalientes era un buen sitio. Envié a Paulino Martínez, Juan Banderas, Gildardo Magaña, Antonio Díaz Soto y Gama, y otras dos docenas de comandantes que iban como observadores para que todos los jefes de mi ejército estuvieran representados; llegaron allá el 19 de octubre y de inmediato acordaron con Villa para actuar en conjunto y conseguir hacer efectivo el Plan de Ayala.

—La intervención de Antonio Díaz Soto y Gama fue decisiva para convencer a los revolucionarios de la importancia del Plan de Ayala, a pesar de que casi se hace matar cuando le faltó al respeto a la bandera, pues, cuando todos los revolucionarios la estaban firmando para sellar el pacto, exclamó que lo que más valía era la palabra de honor y no la firma estampada en la bandera que para él era el símbolo de la reacción que encabezó Iturbide. Al decir esto tomó la bandera y se dispuso a romperla, entonces los revolucionarios presentes desenfundaron y cortaron cartucho. Díaz Soto y Gama recapacitó recordando los sacrificios de la república contra la intervención y fue calmando los ánimos para terminar firmando como todos los demás representantes. Al final de su discurso afirmó que el Plan de Ayala era la verdadera bandera para los oprimidos.

—Díaz Soto y Gama era un convencido de la causa. Fue un gran colaborador, muy brillante y apasionado. Estar conmigo y con los campesinos fue para él la realización de la utopía. Como orador era muy poderoso y su energía resultaba contagiosa, por eso fue uno de los principales políticos que mandé a la

Convención. Para asuntos de política hay que dejar que se ocupen los expertos. Díaz Soto y Gama fue un agrarista convencido y un revolucionario leal.

—En la Convención designaron a Eulalio Gutiérrez como presidente provisional, desconociendo a Carranza; ¿por qué motivo terminan usted y Villa tomando la capital de la República?

—Mire usted, la Convención era el gobierno del país, estábamos Obregón, Villa y yo; al unirnos obligamos a Carranza a salir de la capital y los tres ejércitos entramos a la ciudad a fines de noviembre, pero como Obregón tenía más en común con Carranza, salió de la ciudad. La tropa tenía órdenes estrictas de no molestar a la gente.

—Oiga, general, y cómo fue su relación con Pancho Villa, sus afinidades y sus diferencias. ¿Qué le gustaría contarme respecto del Centauro del Norte?

—A principios de diciembre conocí a Villa en Xochimilco, le expliqué nuestros motivos y lo convencí de aceptar el Plan de Ayala. Como Pancho tenía el contacto directo con los gringos, él acordó enviarnos armas, yo no sabía que Villa no tomaba y le ofrecí una copa de coñac, por cortesía aceptó pero ya se andaba ahogando —el general aprovechó esta pausa para servir más mezcal en nuestros caballitos de vidrio de Tlaquepaque—. Lo que a los dos nos interesaba era el pueblo. Villa me dijo entonces: "pues para ese pueblo queremos las tierritas. Ya después que se las repartan, comenzará el partido que se las quite". Recuerdo que le respondí que la gente le tenía mucho amor a la tierra, que les costaba mucho creer cuando uno les decía "esta tierra es tuya"; creían que era un sueño, hasta que veían a los otros cultivando, entonces ya se animaban a pedir su tierra.

—Dos días después, general, entraron a la Ciudad de México y en Palacio Nacional se tomaron una fotografía que es uno de los documentos históricos más importantes de esos momentos; el hecho de que usted no quisiera sentarse en la silla presidencial para tomarse la foto sigue siendo tema de polémica.

—Ah, pero qué insistencia en el tema, yo lo que quería era quemar la maldita silla, pues para conseguirla ya había corrido mucha sangre. Ni de broma me hubiera sentado allí, para darles más pretextos a mis enemigos para querer matarme. Villa era más extrovertido y le gustaban las cámaras, acuérdese usted que hasta hizo una película donde él era el protagonista. Yo no estaba para eso y, para que no me estuvieran fastidiando, a todos les decía: "al que venga a querer tentarme con la Presidencia de la República, que ya hay algunos que medio me la ofertan, lo voy a quebrar".

—General Zapata, cuando conoció usted a don Eulalio Gutiérrez, casi presintiendo que traicionaría a la Convención, usted le dirigió un contundente discurso donde asentaba sus puntos de vista revolucionarios, ¿recuerda usted sus palabras?

—Ese día le dije:

Señor presidente don Eulalio Gutiérrez: nosotros, los hombres del sur, no nos hemos lanzado a la lucha para conquistar puestos públicos, habitar palacios y tener magníficos automóviles; nosotros sólo peleamos para derrocar la tiranía y conquistar libertades para nuestros hermanos. Por eso, señor presidente, ahora que hemos triunfado, le pido me ayude a cumplir la promesa que le hice a mi pueblo, de facilitarles un pedazo de tierra que labrar, para que dejando de ser parias puedan hacerse ciudadanos conscientes de sus derechos y laborar por el engrandecimiento de esta patria tan rica y tan desgraciada. Si esto no se logra, prefiero mil veces la muerte, que caiga mi cabeza mejor que consentir en que fallen las ideas de la Revolución.

—Después del asunto de la silla y de sus palabras a don Eulalio tuvieron la comida en Palacio Nacional, ¿o fue otro día, don Emiliano?

—El mismo día hubo un banquete en Palacio Nacional, con todos los diplomáticos extranjeros y sus esposas, nosotros llegamos con nuestros respectivos estados mayores. Nos sentamos a los lados del presidente, Villa a la derecha y yo a la izquierda, junto a Villa se sentó José Vasconcelos, que nos veía con mucha curiosidad y cierto temor, y nos pidió que nuestras escoltas se quedaran afuera, pero eso no podía ser. Villa sólo entró con dos escoltas, aunque con Fierro hubiera bastado; yo mandé a mi gente a formarse en la pared. Era muy importante nuestra presencia en ese banquete para reiterar que don Eulalio era el presidente del gobierno revolucionario, de nuestra Revolución, pues.

—He visto algunas fotografías de sus soldados, general, tomando café en la Ciudad de México y se les ve en el rostro una expresión de azoro y hasta de miedo.

—Muchos de ellos, la mayoría, jamás habían estado en la capital. Estaban asustados, tenían miedo de una emboscada en cualquier momento. No sé quién tenía más miedo, si mis soldados o la gente de la ciudad. Los pobrecitos tenían orden de mantener el buen comportamiento, pues si alguno se dedicaba al pillaje o al saqueo se le fusilaría. Entonces, como gente humilde, tocaban a las puertas de los vecinos de la ciudad para pedir un poco de comida. Una noche pasó un camión de bomberos haciendo mucho ruido por el escape y un grupo de zapatistas se espantó creyendo que era una exótica máquina de guerra y abrió fuego matando a 12 bomberos. La verdad, yo también tenía los nervios de punta, esperando que llegara alguno de los dueños de las haciendas, o uno de sus asesinos a sueldo a darme un balazo traicionero. También había que cuidarse de los políticos ambiciosos, que no hallaban dónde acomodarse para su beneficio.

—Y a propósito de ambiciosos, general, Carranza por pura demagogia publicó una Ley Agraria en donde de alguna forma se reconocía el despojo al aceptar, de manera muy general, que se devolvieran las tierras expropiadas a las antiguas comunidades agrarias y reconocía también el derecho de los campesinos a tener su pedazo de tierra. Aunque por otra parte aseguraba que se respetaría la propiedad privada y que los latifundios no serían tocados; es decir que estaba tratando de quedar bien con Dios y con el Diablo.

—Ese señor Carranza fue un personaje muy dañino para la Revolución; con él, todo se vino abajo y también nos reprimieron mucho. Villa y yo tuvimos que continuar la Revolución contra él; hasta Eulalio Gutiérrez se pasó a su bando. Obregón puso a los obreros contra nosotros, dándoles inmuebles para sus organizaciones, una imprenta y dinero para organizar la Federación de Sindicatos Obreros del D. F. Organizó los batallones rojos para combatirnos. Ahora nos llamaban reaccionarios. Luego, en la presidencia, Carranza traicionó las promesas que hizo a los obreros y aunque muchos se negaron a conformar los batallones rojos, estos señores carrancistas lograron su objetivo de separar a los obreros de los campesinos para debilitar nuestra fuerza y obtener la Presidencia de la República para ellos. Todos los políticos son iguales, sinvergüenzas que sólo buscan su provecho.

—Sin embargo, general, usted inició la Reforma Agraria en el territorio bajo su dominio, sin que nadie se lo pudiera impedir.

—Sucede que aprovechamos la circunstancia de que el general Obregón se fue a combatir a Villa al norte del país; el 17 de diciembre del 14 nos apoderamos de la ciudad de Puebla y en 1915 dominábamos el estado de Morelos, y con el apoyo de los intelectuales y agraristas iniciamos el reparto de tierras entre los campesinos. Conformamos las primeras comisiones agrarias, las instituciones de crédito agrícola y la Caja Rural de Préstamos, y comenzamos a reorganizar los cultivos de caña de azúcar para recuperar la producción agrícola del estado. Los consejos de ancianos de las comunidades determinaron cómo deseaban repartir las tierras, nos ayudaron los egresados de la Escuela Nacional de Agricultura de Chapingo con ingenieros como los hermanos Ignacio y Conrado Díaz Soto y Gama y un jovencito, Felipe Carrillo Puerto, para levantar los mapas y hacerlos coincidir con los documentos originales del siglo XVI; fueron muy importantes para auxiliar en la determinación de límites y en los arreglos de cada uno de los pueblos del estado. Repartimos la mayor parte de las tierras de cultivo, bosques y aguas, las tierras sobrantes fueron confiscadas.

—Recuerdo, don Emiliano, el importante caso de Santa María, el pueblo que había sido arrasado y quemado por Juvencio Robles, y sus habitantes castigados en un campo de concentración; se le devolvieron las tierras que le habían sido expropiadas por la hacienda de Temixco, que pronto pusieron a trabajar de nuevo, así como el ingenio azucarero de la antigua hacienda. Fueron un verdadero ejemplo y modelo a seguir para el resto del estado.

—Sí, el caso de Santa María animó mucho a las personas incrédulas, para ellos era un sueño hecho realidad y les costaba mucho trabajo pensar que iban a ser dueños de su parcela; cada comunidad decidía si las tierras se conservaban como propiedades comunales, o bien se repartían en forma individual, de acuerdo con los usos y costumbres de cada pueblo. En poco tiempo las comunidades echaron a andar también los ingenios de Hospital, Atlihuayán y Zacatepec. Las ganancias obtenidas las destinamos a los gastos de hospitales y cuarteles, también para indemnizar a las viudas y huérfanos de los combatientes muertos. Yo establecí mi cuartel general en Tlaltizapán, donde recibía a los representantes de los pueblos, solucionaba conflictos y redactaba la correspondencia y los nuevos decretos. Fue una época de abundancia, en mi tiempo libre estuve dedicado a la charrería, recuperé mis gallos de pelea y engendré otros dos hijos.

—¿Y no fue contradictorio poner de nuevo en funcionamiento los antiguos ingenios azucareros, donde tanta gente había sufrido un trato de esclavos?

—No, y le voy a explicar por qué. En ese momento había dinero, entonces teníamos la obligación de ayudar a toda esa pobre gente que tanto había sufrido en la Revolución; los ingenios funcionarían como fábricas. La caña que las comunidades o particulares sembraran se llevaría a las fábricas para su venta. Era indispensable que funcionaran los ingenios, pues era la industria más importante en el estado.

—¿Es exagerado afirmar que los pueblos de Morelos volvieron a nacer?

—No es exagerado, aunque el renacimiento no duró mucho tiempo, fue una época de esperanza para nosotros. Las comisiones levantaron los planos y fijaron los límites de los más de 100 pueblos en el estado, asignándoles la mayor parte de las tierras de cultivo, bosques y aguas; recuerdo que en marzo le escribí al presidente del gobierno de la Convención, Roque González Garza, que "lo relativo a la cuestión agraria está resuelto de manera definitiva, pues los diferentes pueblos del estado, de acuerdo con los títulos que amparan sus propiedades, han entrado en posesión de dichos terrenos".

—¿Y usted seguía a cargo de los documentos de las tierras de Anenecuilco, general Zapata?

—Pues como yo me podía morir en cualquier momento, se los encomendé a mi primo Francisco, *Chico* Franco Salazar, con la orden de que se abstuviera de pelear en los frentes de combate, pues a partir de ese momento su única misión debería ser la de salvar esos documentos y hacerlos valer ante los mismos carrancistas si fuera necesario, siempre y cuando garantizaran la restitución de las tierras. A pesar de los deslindes que hicimos, no serían legales hasta que las leyes federales los reconocieran.

—Sin embargo, general, esta paz no duró mucho tiempo, pues para ese momento Carranza se reorganizó para derrotar al gobierno de la Convención, consiguiendo que Eulalio Guzmán se pasara a sus filas. También logró que su gobierno fuera reconocido por Estados Unidos, lo que garantizaba el apoyo militar de ese país.

—A fines de 1915 todavía gobernábamos en Morelos, donde publicamos también una Ley General del Trabajo a nivel nacional. Antes de la Revolución los obreros y campesinos eran como esclavos. La legislación existente sólo beneficiaba a los patrones y el sector obrero apenas comenzaba sus exigencias; por eso Carranza se echó para atrás con sus promesas a los obreros y disolvió los batallones rojos; también se negó a legislar para beneficio de los trabajadores. En 1916 lanzaron una ofensiva muy fuerte contra nosotros; ya con Carranza como presidente nos fue mucho peor, nombró al general Pablo González, que llegó a Morelos a matar a la gente. Deportaron a mucha gente a Yucatán a campos de trabajos forzados, como esclavos. En junio atacaron Tlaltizapán, donde casi no había soldados, y mataron como a 300 personas, en su mayoría mujeres y niños, y como buen carrancista se robó todo lo que pudo para llevarlo a vender a la capital.

—¿Cuáles fueron las medidas que pudo usted tomar, general Zapata? La situación sin duda era muy dura para ustedes luego de haber gozado de una revolución triunfante durante el gobierno convencionista.

—Nos defendíamos como podíamos, enfrentábamos nuevamente a los odiados hacendados y a sus ejércitos, parecía una pesadilla, o más bien la vuelta a la realidad a la que estábamos acostumbrados y en la que tuvimos un hermoso sueño que nos duró muy poco. El 10 de julio de 1916 publiqué un Manifiesto al Pueblo Mexicano, donde hice a Carranza personalmente responsable de la Expedición Punitiva en el Sur y llamaba a la unidad nacional para acabar con los traidores a la Revolución. Parecía que los ladrones carrancistas querían desmantelar el estado. Pablo González se robaba las cosechas, el ganado, el azúcar, el alcohol, el carbón, el cobre, el papel, los muebles de las haciendas, las campanas de las iglesias y hasta la tubería de plomo del alcantarillado de las ciudades. Ahí nació la palabra "carrancear" para designarlos, pues llamarles ladrones era insultar a los miserables bandidos que habían elegido robar como medio de vida. Esta gente era en verdad insaciable, y lo hacían como represalia contra mí y contra el movimiento.

—Oiga, general y en todo este tiempo usted tuvo como prisionero a Ignacio de la Torre, yerno de Porfirio Díaz y partidario del golpe de Estado contra Francisco I. Madero, ¿a qué se debe que lo tuviera preso tanto tiempo?

—Este señor representaba la crueldad. Como yerno del dictador Díaz, Ignacio de la Torre había sido muy represivo con los trabajadores de sus haciendas, imponía castigos terribles y disfrutaba humillando a los más humildes. Yo viví de cerca eso, pues cuando me sentenciaron a trabajar con Escandón y con él, pude ver que no sólo era terrateniente, lo que ya me resultaba odioso, sino que abusaba de su poder y se daba el lujo de ser cruel. Tenía muchas cuentas pendientes con los cientos de personas que habían vivido, trabajado y sangrado para hacerlo más rico y que sólo recibieron de él maltratos, humillaciones e insultos; por eso nos lo llevamos a Morelos, él estaba preso en la Ciudad de México y nos lo entregaron para hacer justicia con él. Para nosotros era un símbolo de todo lo que odiábamos y fueron las mismas personas a las que él maltrató quienes se encargaron de mantenerlo en cautiverio para reeducarlo. Lo trataron de la misma forma que él los había tratado, le daban de comer lo mismo que habían recibido de él y le daban los mismos azotes que de su mano recibieron; aprendió a trabajar, a cortar caña, leña y a hacer la faena del campo como cualquiera. La gente del pueblo, sabe usted, está acostumbrada al sufrimiento, pero no a la crueldad, y cuando llega la hora de la venganza no se olvida una sola ofensa, como tampoco se olvidan las buenas acciones.

—General, me atreveré a tratar con usted un tema muy espinoso, pero que me parece importante aclarar aquí. Hay personas que, basándose en un periodista de apellidos Blanco Moheno, insinúan que usted e Ignacio de la Torre fueron amantes. Es muy conocido que De la Torre, yerno de Porfirio Díaz, fue capturado en la redada de los 41 homosexuales disfrazado de odalisca, con tacones y peluca, y que Díaz ordenó que no se hiciera pública esta información, siendo su yerno el número 42 y supongo que ésa es la razón por la que usan esto para calumniarlo.

—Mire usted, siempre habrá personas que no saben nada o que odian lo que mi nombre representa, como ese tal Blanco Moheno a quien no conocí, que van a tratar de dañar mi imagen para quedar bien con los reaccionarios. Yo esas cosas no las entendí nunca y eso que me cuenta no se supo en mis tiempos. De hecho por eso eché a mi secretario Manuel Palafox de Tlaltizapán, pues lo hallaron con otro hombre. Yo viví para mis mujeres; para eso usé bigotes, para que nadie me confundiera nunca con los afeminados, los toreros o los frailes. Yo fui un charro mexicano, un macho calado. El señor Jesús Sotelo Inclán, contemporáneo del anterior y quien tampoco me conoció, me defiende para que nadie se atreva a manchar mi nombre, aprovechando que ya no estoy para quebrármelos con la 30-30. Lo que tenía personalmente yo en contra de este señor De la Torre fue su participación en el cobarde asesinato del señor Madero, pues todo el mundo supo que le prestó a Huerta el automóvil en donde se los llevaron a ejecutar detrás de Lecumberri, por eso lo tenían preso en la capital y por eso Eulalio Gutiérrez nos lo entregó para su castigo. Yo creo que cada cual se labra su destino en la vida y, de acuerdo con eso, tiene su fin. Yo supe que debía morir para que se cumplieran nuestras metas revolucionarias, y morí a manos de mis enemigos, por una traición, morí para ya no morir nunca, para convertirme en un símbolo mucho más poderoso que un hombre simple de carne y hueso. Gracias a la traición y al martirio, Zapata vive para siempre. Además el alma no puede morir; como usted se imaginará, en donde me encuentro ahora he aprendido mucho de la relación entre el mundo material y el mundo espiritual y sé que todo está relacionado, que todo tiene una correspondencia entre ambos mundos —terminó el general haciendo una pausa.

—General Zapata, y también fue imposible para

Pablo González derrotarlos, ¿no es así? —pregunté invitándolo a recuperar el ritmo de nuestra charla.

—Yo ordené a los 20 000 soldados de mi ejército que se dispersaran, esto es, que actuaran en pequeños grupos con la estrategia de la guerra de guerrilla. Poníamos trampas y emboscadas al enemigo, les cortábamos las líneas de abastecimiento y atacábamos a las unidades más pequeñas, dado que ellos tenían armamento superior, del que nos apoderábamos cuando podíamos. Teníamos nuestras propias armerías siguiendo el ejemplo de los antiguos insurgentes, y fabricábamos nuestros propios cartuchos y explosivos. Volvimos a la guerra durante 1916, en ese año hubo momentos muy duros en los que parecía que nos habían derrotado; sin embargo, los carrancistas estaban muy lejos del triunfo pues aún no nos aniquilaban a todos. A fines de ese año y principios del siguiente lancé una contraofensiva y reconquistamos nuestro territorio para establecer nuestra organización con la Ley Administrativa General para el Estado de Morelos. Tanto en Morelos como en Puebla establecimos Asociaciones para la Defensa de los Principios Revolucionarios, reabrimos las escuelas y la producción agrícola. En mi cuartel de Tlaltizapán abrimos el Centro de Consulta para la Propaganda y la Unificación Revolucionaria.

—Hay una pregunta que me parece fundamental para las generaciones del siglo XXI, general Zapata. ¿Cuánta tierra llegó a poseer usted, como ciudadano de Morelos?

—Yo poseía dos hectáreas de tierra de cultivo de temporal. Una buena recua de mulas para el comercio, mis caballos, algunos gallos de pelea y los animales comunes de los ranchos. Aunque mucha gente me ofreció dinero para comprarme tierras y aumentar mi propiedad, eso nunca fue de mi interés. Yo tan sólo deseaba una restitución de lo que se habían robado de la tierra comunal. Mi causa no era personal, era para el bienestar de toda la gente. Yo podía vivir tranquilamente del fruto de mi esfuerzo personal y eso era todo mi orgullo.

—General, en esos meses usted publicó algunos manifiestos dirigidos a los indígenas, invitándolos a ser dueños de sus tierras y, por lo tanto, hombres libres. ¿Se considera usted un general de hombres libres?

—Por supuesto, para eso hacíamos la Revolución. En ese manifiesto les explicaba que la Revolución se proponía redimir a los indígenas devolviéndoles sus tierras y, por lo mismo, su libertad; conseguir que el trabajador de los campos, el que en ese momento era el esclavo de las haciendas, se convirtiera en hombre libre y dueño de su destino, por medio de la pequeña propiedad; mejorar la condición económica, intelectual y moral del obrero de las ciudades, protegiéndolo contra la opresión; abolir la dictadura y conquistar amplias y efectivas libertades para el pueblo mexicano. Escribí también que en cada región del país se hacían sentir necesidades especiales, y para cada una de ellas había soluciones adaptables a las condiciones propias del medio. Por eso no intentábamos el absurdo de imponer un criterio fijo y uniforme, sino que al pretender la mejoría de las condiciones para el indio y el proletario, que era la aspiración suprema de la Revolución, queríamos que los jefes que representaran los diversos estados o comarcas de la República se hicieran portavoces de los deseos, necesidades y aspiraciones de cada una de sus colectividades.

—Oiga, general, ¿y qué problemas enfrentaron ante las constantes ofensivas del gobierno carrancista?

—La mayor parte de los jefes era fiel al movimiento, pues éste implicaba un compromiso con las comunidades, con la tierra. Pablo González no podía derrotarnos y decidió imitar las medidas represivas de Robles, destruyendo y quemando poblaciones y campos, metía a la gente en vagones de ferrocarril para deportarlos a campos de trabajos forzados en otras partes de la República. Mucha gente comenzó a traicionar y a rebelarse, y yo los mandaba fusilar, pues deseábamos conseguir la unificación de todos los revolucionarios. Intentamos una tregua con Carranza para que reconociera nuestra autoridad en Morelos para gobernar en paz. Él nos ignoró alegando que nunca había sido revolucionario, ni en ese momento ni nunca, que su único interés era el constitucionalismo para el restablecimiento del orden.

—General Zapata, ¿es verdad que cuando le informaron de las terribles derrotas que sufrió Villa en las batallas de Celaya y León a manos de Álvaro Obregón, usted ni se inmutó?

—Es que eso tenía que suceder y no había nada que yo hubiera podido hacer al respecto, yo estaba levantando los ingenios de Cuautlixco y Cuauhuixtla para darle de comer a la gente. Sabe usted, las cosas suceden por una razón y uno sólo debe cumplir con su deber, nada más y nada menos —sentenció el general Zapata, con la mirada del que sabe mucho más, pero no lo dirá.

—En 1917 Carranza lleva a cabo el proyecto de una nueva Constitución para el país. ¿Cuáles fueron las consecuencias de estas leyes para el movimiento campesino?

—Ese año fue muy duro para el movimiento y para mi familia. La Constitución se impuso en el país con una serie de reformas agrarias que conciliaron los intereses de los políticos. En Morelos los carrancistas destruyeron todo, desde los cultivos, los ingenios, destruyeron la ciudad de Cuernavaca y la dejaron sin gente, pues se llevaron a los pobladores a la leva forzada. Nosotros publicamos varios manifiestos donde expusimos la necesidad de derrocar a los carrancistas como una exigencia revolucionaria. Ese año mataron a mi hermano Eufemio por una venganza y eso me dolió mucho, pues hasta ese momento había sido mi compañero en el camino de la vida. Pero él mató a golpes a un anciano y el hijo de este anciano vengó la muerte de su padre. Así se vive y así se muere... —terminó enigmático el general.

—General Zapata, usted publicó el 1 de septiembre de 1917 un manifiesto en donde llamaba por su nombre a los hacendados traidores al maderismo y que continuaban financiando el movimiento felicista contrarrevolucionario, y donde aseguraba que Carranza no era un revolucionario.

—Yo tenía que defender nuestra lucha por el Plan de Ayala. Pusimos por escrito que "el nuevo régimen se levantaría sobre las ruinas de latifundistas como Luis Terrazas, Iñigo Noriega, Enrique Creel e Ignacio de la Torre. Todos ellos poderosos propietarios que en ese momento vivían en el exilio en Nueva York y que financiaban la causa de Félix Díaz". En esta causa vivíamos y por ella estábamos dispuestos a dar la vida.

—A propósito de la muerte, ¿es verdad que usted afirmó que para que los principios de la Revolución se hicieran una realidad, era precisa su muerte?

—Sí debo haber dicho eso. Mire, no es que yo me quisiera morir, yo siempre amé la vida. Lo que sucede es que como jefe de una Revolución, yo tenía siempre presentes a los antiguos insurgentes, en particular venían a mi mente las palabras que Hidalgo le dijo a Allende: "las personas que inician las revoluciones jamás viven para ver crecer los frutos de sus esfuerzos". Y como siempre estábamos en combate, pues no era un pensamiento tan aventurado pensar que me podían matar en cualquier instante. Aunque yo no le tenía miedo a la muerte, las balas matan a todos.

—Ah sí, general, recuerdo lo que Sotelo Inclán anotó que la gente decía mucho tiempo después de su muerte, palabras que bien hubieran podido formar parte de algún corrido popular:

> Miliano era hombre valiente
> y de nadie se dejaba
> ya desde tiempos de paz
> el hombre andaba de malas.

—Le digo que la gente humilde recuerda con el corazón. Tanto lo bueno como lo malo. Por eso a mí me daba mucho gusto ver las expresiones de la gente cuando les entregábamos sus tierras. Se les iluminaba el rostro con una alegría tan grande que allí podía caber un amanecer.

—Ya parece usted poeta, general. De ahí nace la poesía en verdad, de lo esencial, de lo profundo de la tierra. Por eso su importancia y el significado de su símbolo. Le voy a leer unas palabras que escribió el poeta José Emilio Pacheco: "En cuanto su propia tierra cubrió el cuerpo de Emiliano Zapata comenzó la creencia indesarraigable: Zapata no murió en Chinameca y aún cabalga de noche por las montañas del sur en su caballo blanco. Ninguna lápida oficial aplacará a su fantasma. Zapata no dejará de cabalgar hasta que de verdad se haga justicia".

—Así fue, sólo con la traición acabaron conmigo. El año anterior a mi muerte, en 1918, continuamos con las guerrillas y a pesar de las dificultades para

conseguir armas y parque nos seguíamos defendiendo. Algunos hombres se estaban indultando por puro
cansancio de pelear y perder las ciudades una y otra
vez. Muchos estaban heridos o mutilados. Había di-
visiones y deserciones y algunos antiguos hermanos
de combate hasta tomaban las armas contra nosotros.

—General Zapata, usted publicó diversos manifiestos que ya no hallaron el eco de tiempos pasados,
recuerdo uno en particular titulado "Llamamiento
patriótico a todos los pueblos engañados por el llamado gobierno de Carranza", ¿cuál fue la respuesta
popular a sus palabras?

—En ese manifiesto, déjeme ver, aquí está —apun-
tó Zapata tomando el documento de la carpeta de
fotocopias que llevé a la entrevista—; es más bien una
carta pública, le voy a leer lo que pusimos entonces,
pues no recuerdo cada documento de memoria:

Carranza en vez de satisfacer las aspiraciones nacio-
nales resolviendo el problema agrario y el obrero,

por el reparto de tierras o el fraccionamiento de las grandes propiedades y mediante una legislación ampliamente liberal, en lugar de hacer eso, repito, ha restituido a los hacendados, en otra época intervenidos por la revolución, y las ha devuelto a cambio de un puñado de oro que ha entrado en sus bolsillos, nunca saciados. Sólo ha sido un vociferador vulgar al prometer al pueblo libertades y la reconquista de sus derechos. En cambio, la revolución ha hecho promesas concretas, y las clases humildes han comprobado con la experiencia, que se hacen efectivos esos ofrecimientos. La revolución reparte tierras a los campesinos, y procura mejorar la condición de los obreros citadinos; nadie desconoce esta gran verdad.

—General, a pesar de que usted hizo muchos llamados a los obreros, este sector prefirió pactar con Carranza y la Constitución de 1917, ¿a qué atribuye usted este fenómeno?

—Los obreros tenían líderes anarquistas, algunos

de ellos fanáticamente antirreligiosos y despreciaban a los campesinos por llevar por delante sus santos, vírgenes y escapularios. Estos sentimientos eran incompatibles. Yo me declaré sobre este tema defendiendo la libertad de conciencia religiosa, pues cada persona es libre de creer en lo que quiera. De hecho su anticlericalismo me pareció contrarrevolucionario, pues atacaba las creencias más arraigadas del pueblo. Me parece que lo hacían como un pretexto para disimular la falta de contenido revolucionario en sus programas económicos y sociales. Lo único que lograban con esos ataques era exacerbar las pasiones, crear mártires y despertar en forma mucho más viva las supersticiones que deseaban combatir. Para mí la Revolución era contra el latifundio, y en ningún caso antirreligiosa ni anticlerical.

—General Zapata, la situación para ustedes era cada vez más grave con el fortalecimiento del carrancismo. Había recompensas muy elevadas por su cabeza, pero la gente lo protegía. ¿Esto le preocupaba? ¿Cuáles eran los motivos de preocupación para Zapata en momentos tan álgidos para la Revolución en el sur?

—La gente me protegía porque protegían sus intereses. La lucha era por nuestra forma de vida y aunque hubo muchos traidores y yo debía cuidarme mucho, también hubo cientos de leales, por eso el enemigo hacía matanzas, quemaba los campos de cultivo y robaba el ganado. Esas medidas trajeron mucha hambre a uno de los estados más fértiles del país. Pero ni por eso me entregaban. En eso estábamos cuando se anunciaron las próximas elecciones, en las que Carranza se quería imponer. Yo mandé a mi hermano de logia Octavio Magaña para que hablara con los obregonistas y saber en qué medida apoyarían a los campesinos. Incluso le escribí a Carranza una carta el 17 de marzo, donde le pedía que renunciara por el bien del país. Lejos de estar vencido, como pretenden los enemigos del zapatismo, mi claridad política se acentuaba en la desgracia.

La continuidad de mi pensamiento y acción nunca cambió, sólo cambiaban quienes nos impedían llevar a cabo la revolución agraria.

—Es un documento de gran fuerza, general; sin embargo cada uno de estos personajes tenía sus propias ambiciones, su propia agenda política. La respuesta de Carranza, francamente ofendido y sintiéndose ferozmente atacado por los zapatistas, fue la de encargar directamente a Pablo González su asesinato, pues usted, al no ser una persona corrupta o ambiciosa, no abandonaría su lucha hasta lograr sus propósitos revolucionarios, incompatibles con la ideología porfirista y contrarrevolucionaria de Carranza; la única manera de acabar con un hombre como usted era mediante una cuidadosa traición a cargo de un hombre comprado, por supuesto, con mucho dinero.

—Fíjese usted que la gente común no podía creer que alguien como yo cayera en una trampa. Pero yo sólo era un hombre, un ser humano por definición falible, como todos. Perfectos, créame usted, sólo los dioses, y aun entre ellos... si yo le pudiera contar, pero no me lo permiten allá en donde vivo... —el general se interrumpió antes de terminar la frase. Yo sé que cuando a una persona le permiten dialogar con y para los humanos, tiene prohibido dar mayor información que la estrictamente solicitada, pues existen reglas detalladas en estos aspectos, de modo que no me atreví a insistir ya que el tiempo designado para la entrevista estaba llegando a su fin.

El general Pablo González Garza fue el autor intelectual de la traición del coronel Jesús Guajardo, que llevaría a Zapata a la muerte en Chinameca. Gracias a un error de Guajardo, que casi hace que lo fusilen, González le explicó lo que necesitaba: la cabeza de Zapata. Guajardo debía fingir su descontento para ganarse la confianza de Zapata a toda costa. Llegó al extremo de asesinar a sangre fría a un batallón de zapatistas amnistiados que eran colaboradores de los federales. Guajardo preparó la acción, tomó Jonacatepec capturando a Victoriano Bárcenas y sus hombres el 9 de abril y los fusiló inmediatamente. Este acto despiadado fue la prueba de sangre que abrió paso a la traición. Ese mismo día, Jesús Guajardo le ofreció a Zapata un cargamento de armas y municiones muy grande que tenía resguardados en la hacienda de Chinameca. Zapata había escuchado rumores de que se preparaba una trampa, pero tal vez, como llevaba muchos años evadiendo a la muerte, no creyó que Guajardo lo traicionaría. A las cuatro y media de la tarde ambos hombres se encontraron en la estación de tren de Pastor y allí fue cuando Guajardo le obsequió un caballo alazán llamado *As de Oros*. Zapata quería que fueran a su cuartel general, pues los demás jefes zapatistas deseaban conocerlo, pero Guajardo pretextó sentirse enfermo y pidió volver a Chinameca para proteger el armamento, pues se sabía que los federales rondaban la zona.

El 10 de abril de 1919, Zapata entró a la hacienda de Chinameca acompañado tan sólo de 10 hombres de escolta. Una fila de soldados supuestamente presentaría honores militares a su nuevo jefe, pero al sonar el clarín tres veces la llamada de honor, le dispararon a quemarropa, masacrándolo sin aviso previo. Murió de pie, o mejor aún, montado en un estupendo corcel, uno de los máximos revolucionarios de todos los tiempos que alguna vez dijera: "Es mejor morir de pie que vivir toda una vida arrodillado".

—General, siempre que se habla de su persona, se habla de la traición que lo llevó a la muerte y poco después mucha gente afirmaba haberlo visto cabalgando por los campos de Morelos, y surgió la leyenda de que usted no fue quien murió en Chinameca.

—La persona que en vida se llamó Emiliano Zapata murió a traición en Chinameca. Guajardo jugó con mi confianza y logró que entrara en la trampa.

Pero mis seguidores no querían, no podían creer que me había muerto.

—¿Y usted en ningún momento tuvo sospechas, general? ¿O los tiempos estaban tan revueltos que resultaba difícil distinguir amigos de enemigos?

—Mire, era una época terrible, la gente se mataba por nada. Mis informantes me contaron las diferencias de Guajardo con Pablo González Garza y él fingió odiar a los carrancistas para engañarme y, aunque tuve dudas, al final él jugó mejor sus cartas. Hasta ese día vivió un hombre llamado Emiliano Zapata.

—De acuerdo con los relatos de los testigos, un clarín tocó tres veces para la llamada de honor; al apagarse la última nota, cuando usted entró al dintel de la puerta, los soldados de Guajardo, sin dar tiempo a nada, vaciaron los fusiles contra usted y su escolta, de inmediato se apoderaron de su cuerpo y lo llevaron dentro de la hacienda.

—Si usted lo dice, así debe haber sucedido, como comprenderá yo no tengo memoria del asunto. Sólo vi una luz fantástica y escuché el llamado de Eufemio, de mis abuelos y de mis padres para dirigirme a su lado.

—Pues así comenzó la leyenda del general Emiliano Zapata. ¿Conoce usted las historias acerca de que en realidad quien murió fue su compadre que se le parecía mucho? Muchos de sus seguidores jamás pensaron que pudiera usted morir en realidad y muchas personas juraron haberlo visto con vida después de Chinameca. Hay incluso versiones que lo hicieron llegar a Arabia, en donde tuvo usted una vida plena hasta una edad avanzada.

—Mire, prefiero no contradecir a la Historia. ¿Murió Zapata? Déjeme decirle que desde donde estoy Zapata no ha muerto, Zapata vive siempre que se cometa una injusticia contra la gente humilde. Eso es porque uno ya es un símbolo y no porque yo lo quisiera; a mí jamás me interesó la fama o la inmortalidad, pero es lo que los que sobreviven hacen. Para los mexicanos mi nombre se convirtió en un símbolo y me pusieron la etiqueta de héroe. Entiendo esto porque yo me nutrí de los relatos de mi padre y de mi maestro de primaria Emilio Vera acerca de la valentía de Juárez, de la importancia fundamental que tuvo para México su fortaleza moral a toda prueba y que lo han hecho merecedor del respeto de todos los países. Creo que en donde menos se lo valora es en México. Y Juárez mismo tuvo como inspiración a los héroes de la Independencia y ellos a su vez se inspiraron en héroes y principios anteriores. Es una herencia del género humano que renace cuando las injusticias contra la gente pobre se vuelven insoportables. Cada país tiene sus héroes, sus símbolos y leyendas. Son anhelos de esperanza que forman parte del espíritu de la humanidad desde el principio de los tiempos. Es lo que se conoce como "el derecho a la felicidad". Después de todo hay demasiadas placas metálicas que aseguran la fecha de mi muerte y ¿quién soy yo para contradecirlas? Apenas un recuerdo del hombre que fui... para que naciera el símbolo, y me seguí apareciendo de cuando en cuando en mi caballo blanco y algunas personas me vieron y así fue como comenzó la leyenda de que no morí, pero claro que morí, a traición, como mueren los hombres.

—¿Cómo le gustaría que lo recordaran, don Emiliano?

—Fui un buen charro. Defendí la tierra de Anenecuilco con mi vida. Amé a muchas mujeres y creo que cumplí con mi deber en mi comunidad. Eso es todo.

—General, ¿es verdad que cuando alguno de sus seguidores lo llamaba desesperadamente, usted se aparecía para darle algo de paz a esa pobre gente? Entre sus seguidores había mucha gente que decía que usted había muerto por defender a los pobres, por respetarlos y querer que tuvieran sus tierras para trabajar. La gente lloraba como si se les hubiera muerto su propio padre y no querían dejarlo ir, general.

—Me seguí apareciendo muchos años después de mi muerte física. La gente no me quería dejar ir. Eran tan fuertes sus llamados, sus palabras de angustia, que cabalgaba a donde me pudieran ver claramente para darles paz a sus espíritus e intentar animarlos en su lucha. Fue mucha la gente que me vio, pero fue aún más a la que me aparecí; estuve dando mis vueltecitas para irme tranquilo. No crea, me tomó algún tiempo pues mis colaboradores fueron perseguidos y a muchos los ayudé en el tránsito hacia la luz, pues nuestros enemigos los ejecutaron uno tras otro como venganza.

—General, le agradezco mucho su presencia y sus palabras. Usted, como muchos grandes seres humanos que han existido, vivió como una persona sencilla. Ocupó nada más y nada menos que el lugar que le correspondió como un hombre constructivo, fértil, magnético inundando a las multitudes con su voluntad para hacerla cumplir. Su vida fue como un río, que forma sus propias orillas y sus ideas de libertad y justicia también encontraron sus propios caminos y cosechas para alimentarse, instituciones para expresarse, armas para defenderlas y seguidores entusiastas; su vida, don Emiliano, es aliento y ejemplo para la humanidad. Le doy las gracias y le deseo un feliz retorno —le dije, poniéndome de pie al ver aproximarse desde el fondo del café a la persona que debía conducirlo de vuelta al mundo celestial, pues el tiempo para estas entrevistas es muy restringido. El general sonrió y se puso de pie para despedirse.

—El gusto ha sido mío, recordar la vida que tuve cuando me llamé Emiliano Zapata es volver a los orígenes de la Revolución mexicana; por cierto que son tiempos muy difíciles los que viven ustedes en la actualidad. Les deseo la mayor de las suertes. Debo volver a las tareas que ocupan todo mi tiempo en mi nuevo lugar de residencia.

Dicho esto, el general estrechó mi mano respetuosamente, se dirigió al perchero donde descansaba su sombrero y sus pistolas y tocando la punta de sombrero se dio la media vuelta y se dirigió al interior del café del Intramundo, donde supongo

que se localiza el portal hacia el mundo superior.
Yo me dirigí hacia el vestíbulo del café, donde no hay
una puerta sino un muro de piedra. Es el portal de
regreso. Salí a uno de los muros que dan al interior
de los jardines Borda de la ciudad de Cuernavaca;
antes de dirigirme a la salida, di un largo paseo en
el interior repasando la experiencia. Saboreando las
palabras del general subí al autobús de vuelta a la
Ciudad de México, donde de inmediato me senté
ante mi computadora a redactar la entrevista para
los lectores de este libro.

Chapultpec, México, enero 2009.

Charlas de café con... Emiliano Zapata, de Raquel Huerta-Nava
se terminó de imprimir en mayo de 2009 en
Quebecor World, S.A. de C.V.
Fracc. Agro Industrial La Cruz
El Marqués, Querétaro
México